U0057019

瑞蘭國際

言語知識、讀解、聽解三合一

一考就上！
新日檢
N3
新版
全科總整理

林士鈞老師 著

序

《全科總整理》系列是我多年前出的書了，是我的日檢書當中最完整，不只是從N5到N1，也涵蓋了文字、語彙、文法等言語知識，甚至也有一些讀解和聽解的練習，讓考生可以提前瞭解出題方向。

多年前？是的，我不否認。同時我也不否認我是新日檢年代台灣日檢書的第一人，不只是最早出書、出最多書、也是賣最多書的。

過去幾年，我也曾協助其他出版社審訂一些日本知名出版社的日檢版權書，在台灣也有相當不錯的銷量。現在回頭來看，這麼多年下來，我的這套書一點都沒有退流行，比起日本的書也一點都不遜色，這三個第一也算是當之無愧。

「N5」算是學日文的適性測驗，範圍大約是初級日文的前半，從50音開始，到基本的動詞變化為止。如果你通過N5，表示你和日文的緣分沒問題，可以繼續走下去。

「N4」涵蓋了所有初級日文的範圍，所有的助詞、所有的補助動詞、所有的動詞變化都在考試範圍內。所以我才說N4最重要，不是考過就好，而是考愈高分愈好。如果N4可以考到130分以上，表示你的初級日文學得紮實，進入下一個階段會很輕鬆。

「N3」是個神祕的階段，我的意思是很多教學單位喜歡裝神弄鬼騙你。說穿了，就是中級日文前半的範圍，和初級日文最大的差異需要的是閱讀能力。如果你發現搞不定N3，記得回到初級日文複習N4文法，而不是硬學下去。

「N2」是中級日文的所有範圍，我認為需要好好學，但是台灣因為有些同學資質好，不小心就低空飛過，結果卻因為不是真的懂，種下日後 N1 永遠過不了的命運，這點請大家小心。

　　「N1」屬於高級日文，聽起來就很高級，不只要花很多很多的時間，也要有很好很好的基礎才能通過。不過請記住，通過 N1 不是學習日文的終點，而是進入真實日文世界的起點。

　　囉嗦完畢，老師就送各位安心上路吧。祝福各位在學習日文的路上，一路好走。

戰勝新日檢，
掌握日語關鍵能力

元氣日語編輯小組

日本語能力測驗（日本語能力試験）是由「日本國際教育支援協會」及「日本國際交流基金會」，在日本及世界各地為日語學習者測試其日語能力的測驗。自1984年開辦，迄今超過30年，每年報考人數節節升高，是世界上規模最大、也最具公信力的日語考試。

新日檢是什麼？

近年來，除了一般學習日語的學生之外，更有許多社會人士，為了在日本生活、就業、工作晉升等各種不同理由，參加日本語能力測驗。同時，日本語能力測驗實行30多年來，語言教育學、測驗理論等的變遷，漸有改革提案及建言。在許多專家的縝密研擬之下，自2010年起實施新制日本語能力測驗（以下簡稱新日檢），滿足各層面的日語檢定需求。

除了日語相關知識之外，新日檢更重視「活用日語」的能力，因此特別在題目中加重溝通能力的測驗。目前執行的新日檢為5級制（N1、N2、N3、N4、N5），新制的「N」除了代表「日語（Nihongo）」，也代表「新（New）」。

新日檢N3的考試科目有什麼？

　　新日檢N3的考試科目為「言語知識（文字・語彙）」、「言語知識（文法）・讀解」與「聽解」三科考試，計分則為「言語知識（文字・語彙・文法）」、「讀解」、「聽解」各60分，總分180分。詳細考題如後文所述。

　　新日檢N3總分為180分，並設立各科基本分數標準，也就是總分須通過合格分數95分（＝通過標準）之外，各科也須達到一定的基準分數19分（＝通過門檻），如果總分達到合格分數，但有一科成績未達到通過門檻，亦不算是合格。N3之總分通過標準及各分科成績通過門檻請見下表。

　　從分數的分配來看，「聽解」與「讀解」的比重都較以往的考試提高，尤其是聽解部分，分數佔比約為1/3，表示新日檢將透過提高聽力與閱讀能力來測試考生的語言應用能力。

N3總分通過標準及各分科成績通過門檻			
總分通過標準	得分範圍	0~180	
	通過標準	95	
分科成績通過門檻	言語知識 （文字・語彙・文法）	得分範圍	0~60
		通過門檻	19
	讀解	得分範圍	0~60
		通過門檻	19
	聽解	得分範圍	0~60
		通過門檻	19

從上表得知，考生必須總分超過95分，同時「言語知識（文字・語彙・文法）」、「讀解」、「聽解」皆不得低於19分，方能取得N3合格證書。

此外，根據新發表的內容，新日檢N3合格的目標，是希望考生能對日常生活中常用的日文有一定程度的理解。

新日檢N3程度標準		
新 日 檢 N3	閱讀（讀解）	・能閱讀理解與日常生活相關、內容具體的文章。 ・能大致掌握報紙標題等的資訊概要。 ・與一般日常生活相關的文章，即便難度稍高，只要調整敘述方式，就能理解其概要。
	聽力（聽解）	・以接近自然速度聽取日常生活中各種場合的對話，並能大致理解話語的內容、對話人物的關係。

新日檢N3的考題有什麼？

要準備新日檢N3，考生不能只靠死記硬背，而必須整體提升日文應用能力。考試內容整理如下表所示：

考試科目（時間）			題型		
			大題	內容	題數
言語知識（文字・語彙）考試時間30分鐘	文字・語彙	1	漢字讀音	選擇漢字的讀音	8
		2	表記	選擇適當的漢字	6
		3	文脈規定	根據句子選擇正確的單字意思	11
		4	近義詞	選擇與題目意思最接近的單字	5
		5	用法	選擇題目在句子中正確的用法	5
言語知識（文法）・讀解 考試時間70分鐘	文法	1	文法1（判斷文法形式）	選擇正確句型	13
		2	文法2（組合文句）	句子重組（排序）	5
		3	文章文法	文章中的填空（克漏字），根據文脈，選出適當的語彙或句型	5
	讀解	4	內容理解（短文）	閱讀題目（包含生活、工作等各式話題，約150～200字的文章），測驗是否理解其內容	4
		5	內容理解（中文）	閱讀題目（解說、隨筆等，約350字的文章），測驗是否理解其因果關係或關鍵字	6

考試科目 （時間）			題型		
			大題	內容	題數
言語知識・讀解	考試時間70分鐘	讀解	6	內容理解 （長文）	閱讀題目（經過改寫的解説、隨筆、書信等，約550字的文章），測驗是否能夠理解其概要	4
			7	資訊檢索	閱讀題目（廣告、傳單等，約600字），測驗是否能找出必要的資訊	2
聽解 考試時間40分鐘			1	課題理解	聽取具體的資訊，選擇適當的答案，測驗是否理解接下來該做的動作	6
			2	重點理解	先提示問題，再聽取內容並選擇正確的答案，測驗是否能掌握對話的重點	6
			3	概要理解	測驗是否能從聽力題目中，理解説話者的意圖或主張	3
			4	説話表現	邊看圖邊聽説明，選擇適當的話語	4
			5	即時應答	聽取單方提問或會話，選擇適當的回答	9

　　其他關於新日檢的各項改革資訊，可逕查閱「日本語能力試驗」官方網站http://www.jlpt.jp/。

台灣地區新日檢相關考試訊息

測驗日期：每年七月及十二月第一個星期日

測驗級數及時間：N1、N2在下午舉行；N3、N4、N5在上午舉行

測驗地點：台北、桃園、台中、高雄

報名時間：第一回約於三～四月左右，第二回約於八～九月左右

實施機構：財團法人語言訓練測驗中心

　　　　　（02）2365-5050

　　　　　http://www.lttc.ntu.edu.tw/JLPT.htm

如何使用本書

分科一一準備：

本書將新日檢N3考試科目，分別依

第一單元　言語知識（文字・語彙）
第二單元　言語知識（文法）
第三單元　讀解
第四單元　聽解

順序排列，讀者可依序學習，或是選擇自己較弱的單元加強。

單元準備要領
每個單元一開始，老師現身說法，教您直接抓到答題技巧，拿下分數。

必考單字整理
本書第一單元「言語知識（文字・語彙）」，以分類方式彙整必考單字，讓您掌握致勝關鍵。

一考就上！新日檢N3
全科總整理

文字・語彙準備要領

新日檢N3「言語知識」的「文字・語彙」部分共有五大題。第一大題考漢字的讀音；第二大題考漢字的寫法；第三大題為克漏字，測驗考生能否填入正確的單字，完成題目句；第四大題考近義詞；第五大題考單字義。其中第一大題考字形、第二大題考字音，這就是言語知識這一科中的「文字」；第三、四、五大題考字義，就是言語知識這一科中的「語彙」。

本單元中的「必考單字整理」將N3單字整理為「訓讀名詞」、「和語動詞」、「形容詞」、「副詞」、「外來語」、「音讀漢語」六部分。「和語動詞」依動詞分類、語尾音、五十音順編排，其他部分則依照音節數、五十音順編排。編排及分類方式符合人腦記憶模式，只要讀者配合音檔複誦、並了解字義，一定可以在短時間內記住所有單字。

單字記熟之後，就能進行最後的「實力測驗」。「實力測驗」裡的題目都是以JLPT公佈的試題方向而模擬的，除了可以測驗自己的學習成果，也能藉此了解實際考試時的出題方式。

許多考生準備考試時，都將重點放在文法。但是臨場考試時，常常因為單字不熟悉，所以看不懂句意，結果記住的一大堆片語和文法都變得無用武之地。此外，根據分析，單字與聽力、閱讀能力都有正相關，也就是文字語彙愈高分，聽解和讀解的分數也愈高。各位，開始認真準備單字吧！

18

必考單字整理

一　訓讀名詞

漢字讀音可分為「音讀」和「訓讀」。「音讀」指的是該漢字的發音源於中文漢字發音，由於這樣的發音和中文發音有相關性，對華人來說，只要多接觸就能漸漸掌握發音的規則。「訓讀」的發音則和中文漢字無關，而是日文原有的發音，所以稱為字義的發音。

正因為該漢字的唸法和漢字字音無關，所以如果沒學過，再怎麼樣也不可能知道怎麼唸。本單元即是整理了N3考試範圍內的訓讀名詞，並以音節數及五十音順編排。配合本書所附之音檔，絕對可以幫助讀者在最短的時間內，輕鬆記住N3訓讀名詞。

（一）單音節名詞　MP3-01

日文發音	漢字表記	中文翻譯	日文發音	漢字表記	中文翻譯
い	胃	胃	す	酢	醋
と	戸	門	ち	血	血
は	歯	牙齒	は	葉	葉子
ゆ	湯	熱水			

※「胃」雖為音讀，但因有獨立字義，故列於此表和訓讀單字一起學習。

19

音檔輔助
跟著音檔複誦，同時增進記憶及聽力！

必考文法分析

本書第二單元「言語知識（文法）」，羅列 N3 必考句型，每一句型皆有「意義」、「連接」、「例句」，清楚易懂好吸收。

必考文法分析

一 接尾語・複合語

（一）接尾語 ◎MP3-57

01 ～さ

意義 形容詞名詞化

連接 【イ形容詞（～い）・ナ形容詞】＋さ

例句 ■ 新幹線の速さは１時間に約３００キロメートルです。
新幹線的速度一個小時約三百公里。
■ 台湾人の親切さは日本人も感動する。
台灣人的親切連日本人都感動。

02 ～み

意義 形容詞名詞化

連接 【イ形容詞（～い）・ナ形容詞】＋み

例句 ■ 田中さんは奥さんが亡くなって、悲しみに沈んでいます。
田中先生自從太太過世後便沉浸在悲傷之中。
■ 真剣みが足りなかったから、先生に叱られました。
因為不夠認真，所以被老師罵了。

115

二 解析

第一段

むかしむかし、足柄山に金太郎という男の子とお母さんが住んでいました。お父さんは京都の武士に敵に捕らえられ殺されてしまいました。お母さんは、敵から逃れて、小さな金太郎を連れて山の奥に入り ました。
「この子を夫のような一人前の武士にしなければなりません」
二人は洞窟の中に隠れて暮らしています。木の実や果物などを探ってきては金太郎に与えていました。必死に金太郎を育てました。

中譯
好久好久以前，足柄山上住著一個叫做金太郎的男孩和他的母親。父親是京都的武士，被敵人抓住，殺掉了。母親則是從敵人手裡逃出，帶著遺小的金太郎到了深山裡。
「一定要把這孩子養成像先生一樣的獨當一面的武士。」
兩個人躲在洞窟裡生活。只要撿到樹木的果實和水果，就會給金太郎。拚命地養大了金太郎。

單字
捕らえる：抓住　　一人前：獨當一面　　隠れる：躲起來

句型
「～という」：引用句型之一，用於表達「叫做～」、「稱為～」時。
「～なければならない」：表示不得不、一定要。

164

文章閱讀解析

本書第三單元「讀解」，將長篇文章分段解析，並框出重點單字及句型，增進閱讀能力，掌握讀解得分訣竅。

二 どの（哪個）

アナウンサーがアンケート調査の結果について話しています。その内容に合っているのはどのグラフですか。
主播正在說明關於問卷調查的結果。符合其內容的是哪個圖表呢？

男の人と女の人が車の中で話しています。二人はどの道を通りますか。
男子和女子正在車內說話。兩個人會走哪條路呢？

男の人が話しています。この人はどの車が好きだと言っていますか。
男子正在說話。這個人說他喜歡哪台車呢？

三 どう（如何）

男の人と女の人が話しています。パーティーはどうでしたか。
男子和女子正在說話。宴會怎麼樣了呢？

二人の女子高生が話しています。二人は親にどうしてほしいと言っていますか。
兩個高中女生正在說話。兩個人說希望父母怎麼做呢？

店で男の人が店員と話しています。男の人はこれからどうすればいいですか。

必考題型整理

本書第四單元「聽解」，分類各種聽解常見問句，快速掌握最關鍵的第一句。

STEP **2**

檢測學習成果：

每一單元後皆有模擬試題，閱讀完後，透過實力測驗，幫
助您熟悉題型、累積實力。

一考就上！新日檢N3 全科總整理

問題Ⅲ （ ）に入れるものに最もよいものを1・2・3・4から
一つえらびなさい。

（ ）⑨ 病気で一週間も寝ていたら、すっかり（ ）がのびた。
　　　 1 ほほ　　2 ひたい　　3 まぶた　　4 ひげ

（ ）⑩ 子どもは水あそびをして、ふくを（ ）。
　　　 1 へらした　2 ぬらした　3 こぼした　4 かわかした

（ ）⑪ あの人の車はいつも（ ）光っている。
　　　 1 のろのろ　2 ぶらぶら　3 ぴかぴか　4 はきはき

（ ）⑫ この宝石は（ ）にちょっときずがついているので安い。
　　　 1 表現　　2 表示　　3 表情　　4 表面

問題Ⅳ ＿＿＿に意味が最も近いものを1・2・3・4から一つえらび
なさい。

問題Ⅴ つぎのことばの使い方として最もよいものを、一つえらび
なさい。

（ ）⑰ 盛ん
　　　 1 うちの娘は盛んな音楽ばかり好きです。
　　　 2 生活が盛んになった。
　　　 3 日本では野球がとても盛んです。
　　　 4 会場で盛んな歓迎式が行われた。

（ ）⑱ もうかる
　　　 1 税金がもうからないといいんですが。
　　　 2 株で100万円もうかった。
　　　 3 つまらないことに金をもうからないように。
　　　 4 せっせともうかってもお金はなかなかたまらない。

（ ）⑲ くわしい
　　　 1 この本は私にはくわしくて、よくわからなかった。

第一單元（文字・語彙）言語知識　實力測驗

第二單元（文字・語彙）言語知識

第

模擬考題
完全模擬新日檢N3實際考題
出題，讓您熟悉題型。

STEP **3**

厚植應考實力：

做完模擬試題後，接著對答案。有不懂的地方，每一題模
擬試題皆有詳盡解析，讓您抓住盲點，補強不足。

一考就上！新日檢N3 全科總整理

問題Ⅶ　正解：2

女の人と男の人が話しています。女の人はどうしますか。
女：私は大学で中国語を習っているんですけど、難しいですね。誰かが中国語
　　をわかりやすく教えてくれたらいいなあ。
男：僕が教えましょうか。
女：えっ、キムさんも中国語を習っているの。
男：うぅん。母は中国人なの。
女：あっ、そうか。知りませんでした。
女の人はどうしますか。
① 男の人に中国語を教えてあげます。
② 男の人に中国語を教えてもらいます。
③ 男の人のお母さんに中国語を習います。
④ 女の人のお母さんに中国語を習います。

女子和男子正在說話。女子會怎麼做？
女：我在大學裡學中文，可是好難呀！要是有誰能夠簡單易懂地教我中文就好
　　呀！
男：我來教你吧！
女：嗯，金同學你也在學中文嗎？
男：不是。因為家母是中國人。
女：啊！是喔！我都不知道耶！
女子會怎麼做？

問題Ⅱ　＿＿＿のことばを漢字で書くとき、最もよいものを1・2・
3・4から一つえらびなさい。（請從1・2・3・4當中選出一
個書寫底線漢字時最好的答案。）

（ ）⑤ ぞうきんでゆかをふいてください。
　　　 1 拂いて　　2 拭いて　　3 巻いて　　4 剥いて

中譯　請用抹布擦地板。

解析　本題測驗語尾為「～く」的動詞漢字。選項1源自於「拂く」（撣）；選
　　項2源自於「拭く」（擦）；選項3源自於「巻く」（捲）；選項4源自於
　　「剥く」（去皮）。正確答案為選項2。

（ ）⑥ ハムをあつく切ってください。
　　　 1 暑く　　2 熱く　　3 厚く　　4 重く

中譯　請把火腿切厚一點。

解析　本題測驗三音節皆都為形容詞的漢字。選項1源自於「暑い」（熱的）；選項2
　　源自於「熱い」（燙的）；選項3源自於「厚い」（厚的）；選項4源自於
　　「重い」（重的）。本題要小心的前三個選項為同音字，必須小心選出
　　正確的漢字。正確答案為選項3。

（ ）⑦ あの店では外国のしょうひんを扱っています。

第一單元（文字・語彙）言語知識　解答解析

第二單元（文字・語彙）言語知識

第三單元　讀解

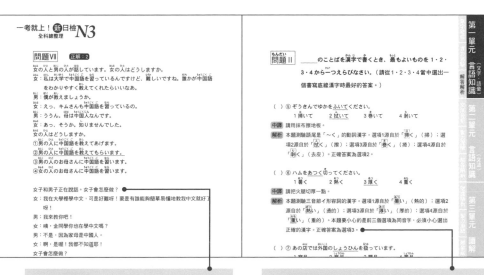

中文翻譯
每一題模擬試題皆有翻譯，讓您省下
查字典時間，並完全了解句意。

完全解析
名師挑出重點做解說，針對陷阱做分析，
讓您了解盲點所在，厚植應考實力。

如何掃描 QR Code 下載音檔

1. 以手機內建的相機或是掃描 QR Code 的 App 掃描封面的 QR Code。
2. 點選「雲端硬碟」的連結之後，進入音檔清單畫面，接著點選畫面右上角的「三個點」。
3. 點選「新增至「已加星號」專區」一欄，星星即會變成黃色或黑色，代表加入成功。
4. 開啟電腦，打開您的「雲端硬碟」網頁，點選左側欄位的「已加星號」。
5. 選擇該音檔資料夾，點滑鼠右鍵，選擇「下載」，即可將音檔存入電腦。

目　次

2 作者序　　　**4** 戰勝新日檢，掌握日語關鍵能力

9 如何使用本書

17 第一單元　言語知識（文字‧語彙）

18 文字‧語彙準備要領

19 必考單字整理

19 一　訓讀名詞

19 （一）單音節名詞　　　**20** （二）雙音節名詞

22 （三）三音節名詞　　　**25** （四）四音節名詞

29 （五）五音節名詞　　　**31** （六）六音節以上名詞

32 二　和語動詞

33 （一）第一類動詞（五段動詞）

47 （二）第二類動詞（一段動詞）

57 （三）複合類動詞

63 三　形容詞

63 （一）イ形容詞　　　**68** （二）ナ形容詞

69 四 副詞

69 （一）「～っと」型
70 （二）「ＡっＢり」型
70 （三）「ABAB」型
71 （四）其他二～三音節副詞
72 （五）其他四～五音節副詞

73 五 外來語

73 （一）雙音節外來語
74 （二）三音節外來語
76 （三）四音節外來語
78 （四）五音節外來語
79 （五）六音節外來語
79 （六）七音節以上外來語

80 六 音讀漢語

80 （一）二字漢詞
93 （二）三字以上漢詞

97 實力測驗

100 解答、中文翻譯及解析

⑬ 第二單元　言語知識（文法）

⑭ 文法準備要領

⑮ 必考文法分析

⑮ 一　接尾語・複合語

⑮（一）接尾語

⑰（二）複合語

⑲ 二　副助詞

⑫ 三　複合助詞

⑯ 四　接續用法

⑳ 五　句尾用法

⑭ 六　形式名詞

⑭ 實力測驗

⑭ 解答、中文翻譯及解析

159 第三單元　讀解

160 讀解準備要領

162 文章閱讀解析

162 一　本文

164 二　解析

172 實力測驗

181 解答、中文翻譯及解析

203 第四單元　聽解

204 聽解準備要領

206 必考題型整理

206 一　どれ（哪一個）　　207 二　どの（哪個）

207 三　どう（如何）　　　208 四　どこ（哪裡）

208 五　どうして（為什麼）209 六　何^{なに}／何^{なん}（什麼）

210 七　何時^{なんじ}（幾點）

211 實力測驗

215 解答、日文原文及中文翻譯

223 附錄　新日檢「Can-do」檢核表

第一單元

言語知識
（文字・語彙）

文字‧語彙準備要領

　　新日檢N3「言語知識」的「文字‧語彙」部分共有五大題，第一大題考漢字的讀音；第二大題考漢字的寫法；第三大題為克漏字，測驗考生能否填入正確的單字，完成題目句；第四大題考近義詞；第五大題考單字字義。其中第一大題考字形、第二大題考字音，這就是言語知識這一科中的「文字」；第三、四、五大題考字義，就是言語知識這一科中的「語彙」。

　　本單元中的「必考單字整理」將N3單字整理為「訓讀名詞」、「和語動詞」、「形容詞」、「副詞」、「外來語」、「音讀漢語」六部分。「和語動詞」依動詞分類、語尾音、五十音順編排，其他部分則依照音節數、五十音順編排。編排及分類方式符合大腦記憶模式，只要讀者配合音檔複誦、並了解字義，一定可以在短時間內記住所有單字。

　　單字記熟之後，就能進行最後的「實力測驗」。「實力測驗」裡的題目都是依JLPT公佈的試題方向而模擬的，除了可以測驗自己的學習成果，也能藉此了解實際考試時的出題方式。

　　許多考生準備考試時，都將重點放在文法。但是臨場考試時，常常因為單字不熟悉，所以看不懂句意，結果記住的一大堆片語和文法都變得無用武之地。此外，根據分析，單字與聽力、閱讀能力都有正相關，也就是文字語彙愈高分，聽解和讀解的分數也愈高。各位，開始認真準備單字吧！

必考單字整理

一 訓讀名詞

　　漢字讀音可分為「音讀」和「訓讀」。「音讀」指的是該漢字的發音源自於中文漢字發音，由於這樣的發音和中文發音有相關性，對華人來說，只要多接觸就能漸漸掌握發音的規則。「訓讀」的發音則和中文漢字無關，而是日文原有的發音，所以稱為字義的發音。

　　正因為該漢字的唸法和漢字字音無關，所以如果沒學過，再怎麼樣也不可能知道怎麼唸。本單元即是整理了N3考試範圍內的訓讀名詞，並以音節數及五十音順編排。配合本書所附之音檔，絕對可以幫助讀者在最短的時間內，輕鬆記住N3訓讀名詞。

（一）單音節名詞 ◎MP3-01

日文發音	漢字表記	中文翻譯	日文發音	漢字表記	中文翻譯
い	胃	胃	す	酢	醋
と	戶	門	ち	血	血
は	歯	牙齒	は	葉	葉子
ゆ	湯	熱水			

※「胃」雖為音讀，但因有獨立字義，故列於此表和訓讀單字一起學習。

19

（二）雙音節名詞 ◎MP3-02

日文發音	漢字表記	中文翻譯	日文發音	漢字表記	中文翻譯
あせ	汗	汗水	あな	穴	洞
あわ	泡	泡沫	いき	息	氣息
いわ	岩	岩石	うそ	嘘	謊言
うま	馬	馬	うら	裏	背面
えさ	餌	餌、飼料	おい	甥	姪子、外甥
おく	奥	裡面	おじ	叔父	叔叔、舅舅
おば	叔母	姑姑、阿姨	おび	帯	帶子

ア行

日文發音	漢字表記	中文翻譯	日文發音	漢字表記	中文翻譯
かい	貝	貝殼	かご	籠	簍子
かず	数	數目	かび	黴	黴菌
がら	柄	花紋	かわ	皮	皮
くせ	癖	習慣	くれ	暮れ	天黑、歲末
きず	傷	傷口	きみ	君	你
くも	雲	雲	こい	恋	愛情
こし	腰	腰部	こな	粉	粉末
こめ	米	米			

カ行

日文發音	漢字表記	中文翻譯	日文發音	漢字表記	中文翻譯
さつ	札	鈔票	しま	縞	條紋
しま	島	島嶼	しり	尻	屁股
しわ	皺	皺紋	すな	砂	砂子
せき	席	座位	そで	袖	袖子

サ行

※「札」雖為音讀，但因有獨立字義，故列於此表和訓讀單字一起學習。

	日文發音	漢字表記	中文翻譯	日文發音	漢字表記	中文翻譯
タ行	たね	種	種子	たび	足袋	日式布襪
	つぎ	次	下一個	つめ	爪	指甲
	てら	寺	寺廟	とい	問い	問題

	日文發音	漢字表記	中文翻譯	日文發音	漢字表記	中文翻譯
ナ行	なか	仲	情誼	なみ	波	海浪
	なべ	鍋	鍋子			

	日文發音	漢字表記	中文翻譯	日文發音	漢字表記	中文翻譯
ハ行	はば	幅	寬度	はら	腹	肚子
	はれ	晴れ	晴天	ひげ	髭	鬍子
	ふた	蓋	蓋子	ほお / ほほ	頬	臉頰
	ほね	骨	骨頭			

	日文發音	漢字表記	中文翻譯	日文發音	漢字表記	中文翻譯
マ行	まご	孫	孫子	まゆ	眉	眉毛
	むし	虫	蟲			

	日文發音	漢字表記	中文翻譯	日文發音	漢字表記	中文翻譯
ヤ行	やど	宿	住宿處	ゆか	床	地板
	ゆび	指	手指	よこ	横	旁邊

21

（三）三音節名詞 ◎MP3-03

日文發音	漢字表記	中文翻譯	日文發音	漢字表記	中文翻譯
あいて	相手	對方	あくび	—	呵欠
あじみ	味見	試味道	あてな	宛名	收件人姓名住址
あぶら	油	油	あまど	雨戸	防雨板
あみど	網戸	紗門	いたみ	痛み	疼痛
いとこ	従兄弟	堂、表兄弟姉妹	いびき	鼾	打鼾
うがい	—	漱口	うまれ	生まれ	出生
うわぎ	上着	外套	えがお	笑顔	笑容
えほん	絵本	畫冊	おかず	—	配菜
おごり	—	請客	おしゃれ	お洒落	打扮
おたく	お宅	府上	おたま	御玉	杓子
おつり	お釣り	找零	おなら	—	放屁
おひる	お昼	午餐	おもて	表	正面

ア行

日文發音	漢字表記	中文翻譯	日文發音	漢字表記	中文翻譯
かかり	係	負責人員	かたち	形	形狀
かのじょ	彼女	她	かれし	彼氏	他
きがえ	着替え	替換衣物	きいろ	黄色	黃色
ぐあい	具合	狀況	くしゃみ	—	打噴嚏
くだり	下り	下行列車	くもり	曇り	陰天
けむり	煙	煙	こおり	氷	冰
こがた	小型	小型	こさじ	小匙	小匙
このみ	好み	喜好			

カ行

MP3-04

	日文發音	漢字表記	中文翻譯	日文發音	漢字表記	中文翻譯
サ行	さかや	酒屋	賣酒處	したぎ	下着	內衣褲
	したく	支度	準備	しっぽ	尻尾	尾巴
	しらが	白髪	白髮	しゃもじ	杓文字	飯匙
	すまい	住まい	住處	そのた	その他	其他

	日文發音	漢字表記	中文翻譯	日文發音	漢字表記	中文翻譯
タ行	たがい	互い	互相	たまご	卵	蛋
	つなみ	津波	海嘯	であい	出会い	相遇
	とだな	戸棚	櫥櫃			

	日文發音	漢字表記	中文翻譯	日文發音	漢字表記	中文翻譯
ナ行	ながし	流し	流理台	ななめ	斜め	斜、歪
	なみだ	涙	眼淚	にきび	―	青春痘
	にもつ	荷物	行李	ねあげ	値上げ	漲價
	ねさげ	値下げ	降價	ねだん	値段	價格
	ねぼう	寝坊	睡過頭	のこり	残り	剩下的
	のぼり	上り	上行列車			

	日文發音	漢字表記	中文翻譯	日文發音	漢字表記	中文翻譯
八行	はいしゃ	歯医者	牙醫	はきけ	吐き気	噁心
	はかり	秤	秤	はたち	二十歳	二十歲
	はやり	流行り	流行	はんこ	判子	印章
	ひたい	額	額頭	ひにち	日にち	日子
	ひるね	昼寝	午睡	ふきん	布巾	抹布
	ふくろ	袋	袋子	ほうき	箒	掃帚
	ほこり	埃	灰塵			

	日文發音	漢字表記	中文翻譯	日文發音	漢字表記	中文翻譯
マ行	まいご	迷子	迷路	まつげ	睫	睫毛
	まつり	祭り	祭典、廟會	まぶた	瞼	眼皮
	まゆげ	眉毛	眉毛	みどり	緑	綠色
	みなと	港	港口	みぶん	身分	身分
	みまい	見舞い	探病	むかし	昔	過去
	むこう	向こう	對面	むしば	虫歯	蛀牙
	めまい	目眩	頭暈			

	日文發音	漢字表記	中文翻譯	日文發音	漢字表記	中文翻譯
ヤ行	やけど	火傷	燒燙傷	やちん	家賃	房租
	ゆのみ	湯呑み	茶杯	ゆびわ	指輪	戒指
	よごれ	汚れ	髒汙	よだれ	涎	口水

	日文發音	漢字表記	中文翻譯
ワ行	わらい	笑い	笑話

（四）四音節名詞 ⊙ MP3-05

	日文發音	漢字表記	中文翻譯	日文發音	漢字表記	中文翻譯
ア行	あてさき	宛先	收件人姓名住址	いきぎれ	息切れ	喘不過氣
	いねむり	居眠り	打瞌睡	うけとり	受け取り	接受
	うそつき	嘘つき	說謊	うちがわ	内側	內側
	うりきれ	売り切れ	售完	おいわい	お祝い	祝賀、賀禮
	おおがた	大型	大型	おおさじ	大匙	大匙
	おかわり	—	再來一碗、再來一杯	おしいれ	押し入れ	壁櫥
	おすすめ	お薦め	推薦	おつまみ	—	下酒菜
	おりがみ	折り紙	摺紙			

	日文發音	漢字表記	中文翻譯	日文發音	漢字表記	中文翻譯
カ行	かきとめ	書留	掛號信	かくやす	格安	廉價
	かけざん	掛け算	乘法	かねもち	金持ち	有錢人
	かみさま	神様	神	ききとり	聞き取り	聽懂
	くちびる	唇	嘴唇	くちべに	口紅	口紅
	こいびと	恋人	戀人	こそだて	子育て	育兒
	こづつみ	小包	包裹	こむぎこ	小麦粉	麵粉

25

	日文發音	漢字表記	中文翻譯	日文發音	漢字表記	中文翻譯
サ行	しおくり	仕送り	寄生活費	したがき	下書き	草稿
	しはらい	支払い	支付	しめきり	締め切り	截止
	しりあい	知り合い	認識的人	しゃっくり	—	打嗝
	じゅうたん	絨毯	地毯	ぞうきん	雑巾	抹布
	そとがわ	外側	外側	そでなし	袖なし	無袖
	ぜいこみ	税込み	含税			

	日文發音	漢字表記	中文翻譯	日文發音	漢字表記	中文翻譯
タ行	だいひき	代引き	貨到付款	たしざん	足し算	加法
	たとえば	例えば	例如	ためいき	ため息	嘆息
	ちかみち	近道	近路	つきあい	付き合い	交往
	てにもつ	手荷物	隨身行李	てぶくろ	手袋	手套
	でむかえ	出迎え	迎接	としより	年寄り	年長者
	とりけし	取り消し	取消			

	日文發音	漢字表記	中文翻譯	日文發音	漢字表記	中文翻譯
ナ行	なかよし	仲良し	感情好	なまいき	生意気	傲慢
	のみかい	飲み会	酒宴	のりかえ	乗り換え	轉乘
	のりこし	乗り越し	坐過站			

◉MP3-06

	日文發音	漢字表記	中文翻譯	日文發音	漢字表記	中文翻譯
八行	はいざら	灰皿	煙灰缸	はながら	花柄	花紋
	はなたば	花束	花束	はなみず	鼻水	鼻水
	はならび	歯並び	齒列	ははおや	母親	母親
	はみがき	歯みがき	刷牙、牙刷	ばんぐみ	番組	節目
	はんそで	半袖	短袖	ひあたり	日当たり	日照
	ひがえり	日帰り	當天往返	ひきざん	引き算	減法
	ひきだし	引き出し	抽屜	ふなびん	船便	海運
	ふみきり	踏切	平交道	ふりこみ	振り込み	存入
	ほんもの	本物	真品			

	日文發音	漢字表記	中文翻譯	日文發音	漢字表記	中文翻譯
マ行	まちがい	間違い	錯誤	まどがわ	窓側	靠窗
	まどぐち	窓口	窗口	まないた	まな板	砧板
	みおくり	見送り	送行	みぎがわ	右側	右側
	みずうみ	湖	湖泊	みずたま	水玉	水滴
	みずわり	水割り	加水威士忌	みそしる	味噌汁	味噌湯
	みなおし	見直し	重看、好轉	ものおき	物置	倉庫
	ものさし	物差し	尺			

	日文發音	漢字表記	中文翻譯	日文發音	漢字表記	中文翻譯
ヤ行	やりとり	遣り取り	互贈、對答	よつかど	四つ角	四個角、十字路口

ラ行	日文發音	漢字表記	中文翻譯	日文發音	漢字表記	中文翻譯
	りょうがえ	両替	兌幣	りょうがわ	両側	兩邊

ワ行	日文發音	漢字表記	中文翻譯	日文發音	漢字表記	中文翻譯
	わりあい	割合	比例	わりかん	割り勘	均攤帳款
	わりざん	割り算	除法	わりびき	割引	折扣

（五）五音節名詞 ◎MP3-07

	日文發音	漢字表記	中文翻譯
ア行・カ行・サ行	あたりまえ	当たり前	理所當然
	おきゃくさま	お客様	客人
	かみぶくろ	紙袋	紙袋
	くりかえし	繰り返し	反覆
	こうしゃぐち	降車口	下車處
	ごみぶくろ	ごみ袋	垃圾袋
	しあさって	―	大後天
	じかんわり	時間割	課表

	日文發音	漢字表記	中文翻譯
タ行	たまごやき	卵焼き	煎蛋
	つうろがわ	通路側	靠走道
	つきあたり	突き当たり	盡頭
	てすうりょう	手数料	手續費
	ていきゅうび	定休日	公休日
	といあわせ	問い合わせ	詢問
	とおまわり	遠回り	繞遠路

	日文發音	漢字表記	中文翻譯
ナ行・ハ行	なかなおり	仲直り	和好
	なまけもの	怠け者	懶人
	のこりもの	残り物	剩下的東西
	はなしあい	話し合い	商量
	はみがきこ	歯みがき粉	牙膏
	ひじょうぐち	非常口	緊急出口
	ひとりっこ	一人っ子	獨生子女
	ひるやすみ	昼休み	午休

	日文發音	漢字表記	中文翻譯
マ行・ヤ行・ワ行	まちあわせ	待ち合わせ	等候見面
	まわりみち	回り道	繞路
	むだづかい	無駄使い	浪費
	もうしこみ	申し込み	申請
	ものがたり	物語	故事
	よっぱらい	酔っ払い	喝醉酒、醉漢
	わすれもの	忘れ物	遺忘的東西、遺失物

（六）六音節以上名詞 ◎MP3-08

日文發音	漢字表記	中文翻譯
うけとりにん	受取人	收件人
かいさつぐち	改札口	剪票口
さしだしにん	差出人	寄件人
だいきんひきかえ	代金引換	貨到付款
てんぷらあぶら	天ぷら油	天婦羅油
のみほうだい	飲み放題	無限暢飲
はたらきもの	働き者	勤勞的人
はらいもどし	払い戻し	退還
ひとりむすこ	一人息子	獨生子
ひとりむすめ	一人娘	獨生女
もうしこみしょ	申込書	申請書

第一單元　言語知識（文字・語彙）
單字整理　實力測驗　解答解析

第二單元　言語知識（文法）
文法分析　實力測驗　解答解析

第三單元　讀解
閱讀解析　實力測驗　解答解析

第四單元　聽解
題型整理　實力測驗　解答解析

二 和語動詞

　　和語動詞絕對是各級日檢最重要的一關，本單元將N3範圍的和語動詞先分為第一類動詞和第二類動詞（也就是傳統國語文法的五段動詞和一段動詞），再依語尾音節做次分類之後，按照五十音順編排。這樣的分類方式不只可以幫助讀者在最短的時間內記住，也符合出題方式。因為檢定的動詞的測驗重點並非意思類似，而是外型相近，所以備選答案通常就是本書分在同一組的單字。基本動詞會了之後，再整理出N3範圍中為數不少的複合類動詞。

（一）第一類動詞	1.「～う」　　5.「～ぶ」 2.「～く」　　6.「～む」 3.「～す」　　7.「～る」 4.「～つ」	
（二）第二類動詞	1.「～iる」	
	2.「～eる」	2.1「～える」 2.2「～ける」 2.3「～せる」 2.4「～てる」 2.5「～べる」 2.6「～める」 2.7「～れる」
（三）複合類動詞	依五十音排序	

（本書動詞整理方式）

（一）第一類動詞（五段動詞）

1.「～う」 ○MP3-09

日文發音	漢字表記	中文翻譯	例句
いわう	祝う	祝賀	友だちの結婚を祝う。 祝賀朋友結婚。
おう	追う	追	猫がねずみを追っている。 貓追老鼠。
かう	飼う	養	金魚を飼う。 養金魚。
さそう	誘う	邀約	友だちを映画に誘う。 約朋友看電影。
すくう	救う	救	子どもたちを救った。 救了孩子們。
そろう	揃う	齊備	会のメンバーが揃った。 協會成員到齊了。
におう	匂う	有味道	その花はよく匂いますね。 那個花很香呀！
はらう	払う	付錢	現金で払う。 用現金付款。
やとう	雇う	雇用	家庭教師を雇う。 雇用家庭教師。
よう	酔う	醉、暈	船に酔う。 暈船。

2.「〜く」 ◎MP3-10

日文發音	漢字表記	中文翻譯	例句
うく	浮く	浮	水^{みず}に油^{あぶら}が浮^ういている。 油浮在水上。
かく	欠く	欠	注意^{ちゅうい}を欠^かく。 缺乏注意。
かく	掻く	抓	痒^{かゆ}いところを掻^かいた。 抓了癢的地方。
かせぐ	稼ぐ	賺	学費^{がくひ}を稼^{かせ}ぐ。 賺學費。
かわく	乾く	乾	池^{いけ}の水^{みず}が乾^{かわ}いている。 池水乾了。
きく	効く	有效	この薬^{くすり}は風邪^{かぜ}によく効^きく。 這個藥對感冒很有效。
さわぐ	騒ぐ	吵鬧	教室^{きょうしつ}で子^こどもたちが騒^{さわ}いでいる。 孩子們在教室裡吵鬧。
しく	敷く	鋪	部屋^{へや}にじゅうたんを敷^しく。 在房間鋪地毯。
そそぐ	注ぐ	注入	川^{かわ}が海^{うみ}に注^{そそ}ぐ。 河水注入海洋。
たく	炊く	煮（飯）	ご飯^{はん}を炊^たく。 煮飯。
だく	抱く	抱	赤^{あか}ちゃんを抱^だいている。 抱著嬰兒。

たたく	叩く	敲	ドアを叩<ruby>た</ruby>く。 敲門。
つぐ	注ぐ	倒入	ビールを注<ruby>つ</ruby>ぐ。 倒啤酒。
つづく	続く	持續	雨<ruby>あめ</ruby>が一週間<ruby>いっしゅうかん</ruby>も続<ruby>つづ</ruby>いた。 雨持續了有一個星期。
つなぐ	繋ぐ	聯繫	船<ruby>ふね</ruby>を繋<ruby>つな</ruby>ぐ。 把船拴住。
どく	退く	退	危<ruby>あぶ</ruby>ないから、退<ruby>ど</ruby>いてください。 很危險，退後！
とどく	届く	送達	荷物<ruby>にもつ</ruby>が届<ruby>とど</ruby>いている。 貨寄到了。
はく	吐く	吐	食<ruby>た</ruby>べた物<ruby>もの</ruby>を吐<ruby>は</ruby>いた。 把吃的東西吐了出來。
はく	掃く	掃	部屋<ruby>へや</ruby>を掃<ruby>は</ruby>いてきれいにする。 把房間掃乾淨。
はぶく	省く	省	手数<ruby>てすう</ruby>を省<ruby>はぶ</ruby>く。 省事。
ふく	拭く	擦拭	ハンカチで汗<ruby>あせ</ruby>を拭<ruby>ふ</ruby>く。 用手帕擦汗。
ふせぐ	防ぐ	防止	寒<ruby>さむ</ruby>さを防<ruby>ふせ</ruby>ぐ。 防寒。
ほどく	解く	解開	靴<ruby>くつ</ruby>のひもを解<ruby>ほど</ruby>く。 解鞋帶。
まく	巻く	卷	ねじを巻<ruby>ま</ruby>く。 轉螺絲。

みがく	磨く	刷、擦、磨（亮）	歯を磨く。 刷牙。
むく	剝く	去皮	りんごの皮を剝く。 削蘋果皮。
やく	焼く	烤、煎	肉を焼く。 烤肉。
わく	沸く	沸騰	お湯が沸いている。 水燒開了。

3.「～す」 ◎MP3-11

日文發音	漢字表記	中文翻譯	例句
あまやかす	甘やかす	寵 （小孩）	子どもを甘やかす。 寵小孩。
あらわす	表す	表現、 表示、 表露	言葉で表すことができない。 無法用言語表達。
うごかす	動かす	使移動	いすの位置を動かす。 移動椅子的位置。
うつす	移す	搬、移	机を部屋の真ん中へ移す。 把桌子搬到房間的正中央。
おとす	落とす	使落下	コップを落とした。 把杯子弄掉了。
おろす	降ろす	放下	車の荷物を降ろす。 把車上的行李卸下來。
かわかす	乾かす	弄乾	洗濯物を乾かす。 把洗好的衣服弄乾。
くずす	崩す	使崩潰	山を崩す。 把山鏟平。
こぼす	溢す	灑出	お茶を溢した。 弄倒了茶。
さがす	探す	找	アパートを探す。 找公寓。
さます	冷ます	冷卻	お茶を冷ます。 讓茶涼。

しめす	示す	指示	過去の例を示す。 指出過去的例子。
すます	済ます	做完	用事を済ました。 辦完事情。
ずらす	―	挪	いすを左にずらす。 把椅子往左邊挪。
たおす	倒す	弄倒	木を倒す。 把樹弄倒。
たす	足す	加上	不足の分を足す。 補足不夠的部分。
ちらかす	散らかす	亂扔	おもちゃを散らかす。 亂扔玩具。
つぶす	潰す	壓壞	卵を潰した。 把蛋壓扁了。
つるす	吊るす	吊、掛	コートを吊るす。 吊外套。
なおす	直す	修理	文章の間違いを直す。 修改文章的錯誤。
なおす	治す	治病	病気を治す。 治病。
ながす	流す	沖水	水を流す。 沖水。
ぬらす	濡らす	弄濕	洋服を濡らした。 把衣服弄濕了。
のこす	残す	剩下	ご飯を残した。 把飯剩下了。

のばす	伸ばす	延長	髪を伸ばす。 留頭髮。
はずす	外す	拆下	めがねを外す。 摘下眼鏡。
はなす	放す	放走	手を放す。 放手。
ひやす	冷やす	使降溫	ビールを冷やす。 把啤酒拿去冰。
ふやす	増やす	增加	人を増やす。 增加人手。
へらす	減らす	減少	人を減らす。 減少人手。
ほす	干す	曬、晾	シャツを干す。 曬襯衫。
むす	蒸す	蒸	ご飯を蒸す。 蒸飯。
もうす	申す	說	お礼を申します。 道謝。
もどす	戻す	使返回	本を元のところに戻す。 把書放回原位。
よごす	汚す	弄髒	服を汚した。 弄髒了衣服。
わかす	沸かす	煮沸	お湯を沸かす。 燒開水。

4.「～つ」 ◉MP3-12

日文發音	漢字表記	中文翻譯	例句
かつ	勝つ	勝利	試合に勝った。 贏得比賽。
そだつ	育つ	成長	子どもは育った。 小孩長大了。
うつ	打つ	打	ボールを打つ。 打球。

5.「～ぶ」 ◉MP3-13

日文發音	漢字表記	中文翻譯	例句
えらぶ	選ぶ	選擇	いい品物を選んで買う。 選好東西來買。
まなぶ	学ぶ	學習	外国のよいところを学ぶ。 學習外國的長處。
むすぶ	結ぶ	打結	靴のひもを固く結ぶ。 把鞋帶綁緊。

6.「〜む」 ◎MP3-14

日文發音	漢字表記	中文翻譯	例句
あむ	編む	編織	セーターを編^あむ。 織毛衣。
かこむ	囲む	圍住	ストーブを囲^{かこ}んでご飯^{はん}を食^たべている。 圍著火爐吃飯。
きざむ	刻む	剁碎	玉^{たま}ねぎを刻^{きざ}む。 把洋蔥剁碎。
くむ	組む	編組	スケジュールを組^くむ。 安排行程。
くるしむ	苦しむ	痛苦	病気^{びょうき}で苦^{くる}しんでいる。 因疾病而苦。
くるむ	包む	包、綑	紙^{かみ}でワイングラスを包^{くる}む。 用紙把酒杯包好。
このむ	好む	喜好	読書^{どくしょ}を好^{この}む。 愛好讀書。
こむ	込む	擁擠	電車^{でんしゃ}が込^こんでいる。 電車很擠。
しずむ	沈む	沉沒	台風^{たいふう}で船^{ふね}が沈^{しず}んだ。 船因為颱風沉沒了。
すむ	済む	結束	試験^{しけん}が済^すんだ。 考試結束了。
たたむ	畳む	摺、疊	ハンカチを畳^{たた}む。 摺手帕。

ちぢむ	縮む	縮短	セーターが縮んだ。 毛衣縮水了。
つつむ	包む	包	おみやげを風呂敷に包んだ。 把禮物包在包巾裡。
つむ	積む	堆積	本を机の上に積んだ。 把書堆在書桌上。
のぞむ	望む	希望	平和を望む。 期望和平。
ふむ	踏む	踩、踏	ブレーキを踏む。 踩煞車。
ほほえむ	微笑む	微笑	母は微笑んでいる。 媽媽微笑著。

7.「～る」 ○MP3-15

日文發音	漢字表記	中文翻譯	例句
あたる	当たる	打中	石が頭に当たった。 石頭打中了頭。
いやがる	嫌がる	討厭	勉強を嫌がる。 討厭讀書。
うかる	受かる	考上	大学に受かった。 考上了大學。
うなる	唸る	呻吟	おなかが痛くて、唸っている。 肚子痛得在呻吟。
おごる	奢る	請客	食事を奢る。 請吃飯。
おそわる	教わる	受教	あの先生に教わっている。 受教於那位老師。
かぎる	限る	限度	希望者は男子に限る。 報名者僅限男性。
かわいがる	―	疼愛	おじいさんは孫をかわいがっている。 爺爺疼愛著孫子。
くさる	腐る	腐敗	魚が腐った。 魚臭掉了。
くばる	配る	分配	問題用紙を配る。 發考卷。
けずる	削る	削	鉛筆を削る。 削鉛筆。

こおる	凍る	結冰	池の水が凍っている。 池水結冰了。
こする	擦る	擦、搓揉	目を擦る。 揉眼睛。
ことわる	断る	拒絕	会議の出席を断る。 拒絕出席會議。
こる	凝る	熱衷	彼女は音楽に凝っている。 她熱愛音樂。
さがる	下がる	下降	温度が下がる。 溫度下降。
サボる	—	曠職、 曉課	学校をサボる。 曉課。
しばる	縛る	綁	縄で荷物を縛った。 用繩子把貨綁起來了。
しぼる	絞る	擰、絞、 榨	オレンジを絞ってジュースを作る。 榨柳橙做果汁。
しめる	湿る	潮濕	薬が湿っている。 藥受潮了。
そる	剃る	剃	ひげを剃る。 剃鬍子。
たまる	溜まる	堆積	水が溜まっている。 積水。
ちらかる	散らかる	凌亂	部屋にごみが散らかっている。 房間裡到處是垃圾。

ちる	散る	凋謝	花が散ってしまった。 花凋謝了。
つかまる	捕まる	捉住	泥棒が捕まった。 小偷抓到了。
つながる	繋がる	聯繋	二つの町は橋で繋がっている。 兩個城市用橋樑聯繋著。
つまる	詰まる	塞滿	財布にお札が詰まっている。 錢包裡塞滿了鈔票。
にぎる	握る	握住	電車の吊革を握る。 握住電車吊環。
ぬる	塗る	塗	壁にペンキを塗る。 在牆上漆油漆。
はかる	測る	測量	長さを測る。 測量長度。
ぶつかる	―	撞到	壁にぶつかった。 撞到牆。
ふる	振る	揮舞	手を振る。 揮手。
へる	減る	減少	仕事が減った。 工作減少了。
ほる	掘る	挖掘	井戸を掘る。 挖井。
まいる	参る	來、去	先生のお宅に参りました。 去了老師家。
まもる	守る	保護	国を守る。 保護國家。

もうかる	儲かる	賺錢	不況で儲からない。 因為不景氣賺不了錢。
ゆずる	譲る	讓	店を息子に譲る。 把店讓給兒子。
よる	寄る	靠	窓のそばへ寄る。 靠往窗邊。
わる	割る	弄破、切	りんごを四つに割る。 把蘋果切成四片。

（二）第二類動詞（一段動詞）

1.「～iる」 MP3-16

日文發音	漢字表記	中文翻譯	例句
おちる	落ちる	掉下	木の葉が落ちた。 樹葉落下了。
おりる	降りる	下車	電車を降りる。 下電車。
かんじる	感じる	感覺	寒さを強く感じた。 感受到強烈寒意。
さびる	錆びる	生鏽	このナイフが錆びている。 這把刀銹了。
しんじる	信じる	相信	そんなことは信じられない。 那種事難以相信。
たりる	足りる	足夠	お金が足りない。 錢不夠。
とじる	閉じる	關、閉	扉が閉じた。 門關起來了。
にる	煮る	燉煮	大根を煮る。 燉蘿蔔。
のびる	伸びる	延長	髪が伸びた。 頭髮長長了。
みる	診る	看病	医者は患者を診る。 醫生幫患者看病。

2.「〜eる」

2.1「〜える」 ◎MP3-17

日文發音	漢字表記	中文翻譯	例句
あたえる	与える	給予	子どもにおもちゃを与える。 給小孩玩具。
うえる	植える	種植	木を庭に植える。 把樹種在院子裡。
える	得る	獲得	本から知識を得る。 從書本獲取知識。
おさえる	押さえる	按、壓	地図を押さえる。 壓住地圖。
おぼえる	覚える	記、背	名前を覚える。 記住名字。
かえる	変える	改變	方向を変える。 改變方向。
かぞえる	数える	數	数を数える。 數數。
きえる	消える	熄滅	火が消えた。 火熄了。
くわえる	加える	加上	水を加える。 加水。
こえる	越える	越過	山を越える。 越過山。

ささえる	支える	支撐	体を支える。 撐住身體。
そなえる	備える	防備	台風に備える。 防備颱風。
そろえる	揃える	使一致	高さを揃える。 使高度一致。
つたえる	伝える	傳達	母に先生の言葉を伝えた。 把老師的話轉告給媽媽。
はえる	生える	長	草が生えている。 長草了。
ひえる	冷える	冷	ビールが冷えている。 啤酒很冰。
ひかえる	控える	控制	食事を控える。 控制飲食。
ふえる	増える	增加	子どもの数が増えている。 小孩的人數增加了。
ふるえる	震える	發抖	寒さで震えている。 因為寒冷而發抖。
ほえる	吼える	吠	この犬は人を見るとすぐ吼える。 這隻狗一看到人就會叫。

2.2「～ける」 ◎MP3-18

日文發音	漢字表記	中文翻譯	例句
あける	明ける	天亮	夜が明ける。 天亮。
あげる	揚げる	炸	てんぷらを揚げる。 炸天婦羅。
あずける	預ける	託管	子どもを隣の人に預ける。 把小孩託給鄰居。
うける	受ける	接受	試験を受ける。 參加考試。
かける	欠ける	欠	茶わんが欠けている。 碗缺了一角。
こげる	焦げる	烤焦	パンが焦げた。 麵包烤焦了。
さげる	下げる	下降	温度を下げる。 調低溫度。
たすける	助ける	幫助	命を助ける。 拯救性命。
つづける	続ける	繼續	仕事を続ける。 持續工作。
どける	退ける	挪開、 移開	いすを退ける。 把椅子挪開。
とどける	届ける	送達	品物を得意先に届ける。 把貨送到客戶那裡。

なげる	投げる	投、擲	ボールを投げる。 投球。
なまける	怠ける	懶惰	怠けてはいけない。 不可以偷懶。
ぬける	抜ける	脱離	歯が抜けた。 牙掉了。
はげる	剥げる	剝落	ペンキが剥げている。 油漆剝落。
ぶつける	―	使撞上	頭をぶつけた。 撞到了頭。
まける	負ける	輸	試合に負けた。 輸了比賽。
まげる	曲げる	彎曲	針を曲げた。 把針弄彎了。
もうける	儲ける	賺錢	お金を儲けた。 賺了錢。
やける	焼ける	燒毀	家が焼けた。 房子燒掉了。

2.3「～せる」 ◎MP3-19

日文發音	漢字表記	中文翻譯	例句
かぶせる	被せる	蓋上	子どもに帽子を被せる。 幫小孩戴上帽子。
すませる	済ませる	使結束	食事を済ませる。 吃完飯。
のせる	乗せる	載、放上	荷物を車に乗せる。 把行李放車上。
まぜる	混ぜる	摻雜	水をお酒に混ぜる。 在酒裡加水。

2.4「～てる」 ◎MP3-20

日文發音	漢字表記	中文翻譯	例句
すてる	捨てる	丟	紙くずを捨てる。 丟紙屑。
そだてる	育てる	養育	子どもを育てる。 養小孩。
たてる	立てる	豎立	旗を立てる。 立旗子。
なでる	撫でる	摸	子どもの頭を撫でる。 摸小孩的頭。
もてる	－	受歡迎	あの女優は若い人にもてる。 那位女演員很受年輕人歡迎。
ゆでる	茹でる	水煮	野菜を茹でる。 燙青菜。

2.5 「～べる」 ◎MP3-21

日文發音	漢字表記	中文翻譯	例句
くらべる	比べる	比較	2台の車を比べる。 比較兩台車。
しらべる	調べる	調査	事故の原因を調べる。 調查事故的原因。

2.6 「～める」 ◎MP3-22

日文發音	漢字表記	中文翻譯	例句
あたためる	温める	加熱	スープを温める。 熱湯。
あたためる	暖める	使暖和	部屋を暖める。 使房間暖和。
あらためる	改める	改變	規則を改める。 改變規則。
いためる	炒める	炒	野菜を炒める。 炒青菜。
うめる	埋める	埋	ごみを埋める。 掩埋垃圾。
きめる	決める	決定	旅行の日を決める。 決定旅行日期。
さめる	冷める	涼	スープが冷めた。 湯涼了。
そめる	染める	染	布を染める。 染布。

たしかめる	確かめる	確認	住所を確かめる。 確定住址。
ためる	溜める	積、蓄、集	水を溜める。 儲水。
つめる	詰める	塞	荷物をかばんに詰める。 把行李塞在包包裡。
とめる	泊める	留宿	友人を泊める。 留宿友人。
はめる	嵌める	鑲	戸を嵌める。 裝門。
まとめる	－	彙整、歸納	レポートをまとめる。 寫報告。
みとめる	認める	承認	失敗を認める。 承認失敗。
もとめる	求める	求	答えを求める。 找答案。
やめる	辞める	停止、作罷、辭	仕事を辞める。 辭職。

2.7「～れる」 ◎MP3-23

日文發音	漢字表記	中文翻譯	例句
あこがれる	憧れる	嚮往	<ruby>田舎<rt>いなか</rt></ruby>の<ruby>生活<rt>せいかつ</rt></ruby>に<ruby>憧<rt>あこが</rt></ruby>れる。 嚮往鄉下的生活。
あばれる	暴れる	大鬧	<ruby>酒<rt>さけ</rt></ruby>を<ruby>飲<rt>の</rt></ruby>んで<ruby>暴<rt>あば</rt></ruby>れた。 喝酒大鬧。
あふれる	溢れる	滿溢	<ruby>水<rt>みず</rt></ruby>が<ruby>溢<rt>あふ</rt></ruby>れた。 水滿出來了。
あらわれる	現れる	出現	<ruby>効果<rt>こうか</rt></ruby>が<ruby>現<rt>あらわ</rt></ruby>れた。 效果出現了。
おれる	折れる	斷掉	<ruby>木<rt>き</rt></ruby>の<ruby>枝<rt>えだ</rt></ruby>が<ruby>折<rt>お</rt></ruby>れた。 樹枝斷了。
かれる	枯れる	乾枯	<ruby>花<rt>はな</rt></ruby>が<ruby>枯<rt>か</rt></ruby>れた。 花枯萎了。
くずれる	崩れる	崩垮	<ruby>石垣<rt>いしがき</rt></ruby>が<ruby>崩<rt>くず</rt></ruby>れた。 石牆倒了。
くたびれる	―	疲勞	くたびれて<ruby>歩<rt>ある</rt></ruby>けない。 累得走不動。
こぼれる	―	灑出	ビールがこぼれた。 啤酒灑了出來。
しびれる	―	麻痺	<ruby>足<rt>あし</rt></ruby>がしびれる。 腳麻。
たおれる	倒れる	倒下	<ruby>家<rt>いえ</rt></ruby>が<ruby>倒<rt>たお</rt></ruby>れた。 房子倒了。

つぶれる	潰れる	壓壞	山が崩れて、家が潰れた。 山崩，房子壓壞了。
つれる	連れる	帶著	子どもを連れて買い物に行く。 帶小孩去買東西。
とれる	取れる	脫落	ボタンが取れた。 鈕扣掉了。
ながれる	流れる	流	川が流れている。 河水流著。
ぬれる	濡れる	濕	汗でシャツが濡れている。 流汗襯衫濕了。
はれる	晴れる	放晴	空が晴れてきた。 天空漸漸放晴了。
ゆれる	揺れる	搖晃	木が揺れている。 樹木搖晃著。
よごれる	汚れる	髒污	服が汚れている。 衣服髒了。
われる	割れる	破裂	窓ガラスが割れた。 玻璃窗破了。

（三）複合類動詞

ア行 ◎MP3-24

動詞	中文翻譯	例句
言<ruby>い<rt></rt></ruby>直<ruby>なお<rt></rt></ruby>す	重說	もう一度<ruby>いちど<rt></rt></ruby>言<ruby>い<rt></rt></ruby>直<ruby>なお<rt></rt></ruby>してください。 請再說一次！
受<ruby>う<rt></rt></ruby>け付<ruby>つ<rt></rt></ruby>ける	受理	申<ruby>もう<rt></rt></ruby>し込<ruby>こ<rt></rt></ruby>みを受<ruby>う<rt></rt></ruby>け付<ruby>つ<rt></rt></ruby>ける。 受理報名。
受<ruby>う<rt></rt></ruby>け取<ruby>と<rt></rt></ruby>る	收、領	品物<ruby>しなもの<rt></rt></ruby>を受<ruby>う<rt></rt></ruby>け取<ruby>と<rt></rt></ruby>る。 收貨。
裏返<ruby>うらがえ<rt></rt></ruby>す	翻過來	洗濯物<ruby>せんたくもの<rt></rt></ruby>を裏返<ruby>うらがえ<rt></rt></ruby>して干<ruby>ほ<rt></rt></ruby>す。 把衣服翻過來晾。
売<ruby>う<rt></rt></ruby>り切<ruby>き<rt></rt></ruby>れる	售完	切符<ruby>きっぷ<rt></rt></ruby>は売<ruby>う<rt></rt></ruby>り切<ruby>き<rt></rt></ruby>れた。 票賣完了。
追<ruby>お<rt></rt></ruby>い越<ruby>こ<rt></rt></ruby>す	追過	バスを追<ruby>お<rt></rt></ruby>い越<ruby>こ<rt></rt></ruby>した。 追過公車了。
落<ruby>お<rt></rt></ruby>ち着<ruby>つ<rt></rt></ruby>く	冷靜、平靜	騒<ruby>さわ<rt></rt></ruby>ぎが落<ruby>お<rt></rt></ruby>ち着<ruby>つ<rt></rt></ruby>いた。 騷動平息了。
お目<ruby>め<rt></rt></ruby>にかかる	見面	先生<ruby>せんせい<rt></rt></ruby>にお目<ruby>め<rt></rt></ruby>にかかりたいです。 我想和老師見面。
お目<ruby>め<rt></rt></ruby>にかける	給人看	先生<ruby>せんせい<rt></rt></ruby>にお目<ruby>め<rt></rt></ruby>にかけたいです。 我想給老師過目。

カ行 ◎MP3-25

動詞	中文翻譯	例句
片付く	收拾好	部屋が片付いた。 房間收拾好了。
片付ける	整理	部屋を片付ける。 收拾房間。
気をつける	注意	足元に気をつけてください。 請留心腳步。
組み立てる	組裝	自動車を組み立てる。 組裝汽車。
繰り返す	反覆	同じ間違いを繰り返した。 重複了同樣的錯誤。

サ行 ◎MP3-26

動詞	中文翻譯	例句
差し出す	拿出	名刺を差し出す。 拿出名片。
仕上げる	完成、收尾	この仕事を3日で仕上げる。 三天把這份工作完成。
支払う	支付	月給を支払う。 付薪水。
締め切る	截止	申し込みを締め切る。 截止報名。
知り合う	認識	彼女と知り合った。 認識了女朋友。

タ行 ◎MP3-27

動詞	中文翻譯	例句
付<ruby>付<rt>つ</rt></ruby>き<ruby>合<rt>あ</rt></ruby>う	交往、陪伴	<ruby>彼女<rt>かのじょ</rt></ruby>とは<ruby>前<rt>まえ</rt></ruby>から<ruby>付<rt>つ</rt></ruby>き<ruby>合<rt>あ</rt></ruby>っている。 和她從以前就有來往了。
<ruby>出<rt>で</rt></ruby><ruby>会<rt>あ</rt></ruby>う	相遇	<ruby>道<rt>みち</rt></ruby>で<ruby>思<rt>おも</rt></ruby>わぬ<ruby>人<rt>ひと</rt></ruby>と<ruby>出<rt>で</rt></ruby><ruby>会<rt>あ</rt></ruby>った。 在路上遇到了意想不到的人。
<ruby>手<rt>て</rt></ruby><ruby>伝<rt>つだ</rt></ruby>う	幫忙	うちの<ruby>仕事<rt>しごと</rt></ruby>を<ruby>手<rt>て</rt></ruby><ruby>伝<rt>つだ</rt></ruby>う。 幫忙家裡的工作。
<ruby>出<rt>で</rt></ruby><ruby>迎<rt>むか</rt></ruby>える	迎接	<ruby>駅<rt>えき</rt></ruby>まで<ruby>先生<rt>せんせい</rt></ruby>を<ruby>出<rt>で</rt></ruby><ruby>迎<rt>むか</rt></ruby>える。 到車站接老師。
<ruby>問<rt>と</rt></ruby>い<ruby>合<rt>あ</rt></ruby>わせる	詢問	<ruby>値段<rt>ねだん</rt></ruby>をメーカーに<ruby>問<rt>と</rt></ruby>い<ruby>合<rt>あ</rt></ruby>わせる。 詢問廠商價格。
<ruby>取<rt>と</rt></ruby>り<ruby>替<rt>か</rt></ruby>える	更換	<ruby>品物<rt>しなもの</rt></ruby>を<ruby>取<rt>と</rt></ruby>り<ruby>替<rt>か</rt></ruby>える。 換貨。
<ruby>取<rt>と</rt></ruby>り<ruby>消<rt>け</rt></ruby>す	取消	<ruby>注文<rt>ちゅうもん</rt></ruby>を<ruby>取<rt>と</rt></ruby>り<ruby>消<rt>け</rt></ruby>す。 取消訂單。
<ruby>取<rt>と</rt></ruby>り<ruby>出<rt>だ</rt></ruby>す	取出	ポケットからハンカチを<ruby>取<rt>と</rt></ruby>り<ruby>出<rt>だ</rt></ruby>す。 從口袋拿出手帕。

ナ行 ◎MP3-28

動詞	中文翻譯	例句
似合う	適合	この洋服はよく似合っている。 這件衣服很適合。
乗り遅れる	沒搭上	電車に乗り遅れる。 沒搭上電車。
乗り換える	轉乘	電車に乗り換える。 轉搭電車。
乗り越す	坐過站	一駅乗り越した。 坐過了一站。

ハ行 ◎MP3-29

動詞	中文翻譯	例句
話し合う	商量	国のことを話し合う。 討論國事。
話しかける	搭話	日本人に話しかける。 跟日本人說話。
払い戻す	退還	運賃を払い戻す。 退還運費。
引き出す	拉出	押し入れから布団を引き出す。 從壁櫥拿出棉被。
ひっくり返す	翻過來、弄倒	子供が茶碗をひっくり返した。 孩子打翻了碗。
振り込む	存入、匯入	代金を銀行に振り込む。 把貨款匯到銀行。

マ行 ◎MP3-30

動詞	中文翻譯	例句
待_まち合_あわせる	等候	駅_{えき}の前_{まえ}で待_まち合_あわせる。 約在車站前。
間違_{まちが}う	錯誤	住所_{じゅうしょ}が間違_{まちが}っている。 住址錯了。
間違_{まちが}える	弄錯	計算_{けいさん}を間違_{まちが}えた。 計算錯誤。
間_まに合_あう	來得及	電車_{でんしゃ}に間_まに合_あった。 趕上了電車。
見上_{みあ}げる	仰望	星空_{ほしぞら}を見上_{みあ}げる。 仰望星空。
見送_{みおく}る	送行	友人_{ゆうじん}を見送_{みおく}る。 送朋友。
見下_{みお}ろす	俯視	スカイツリーから東京_{とうきょう}を見下_{みお}ろす。 從晴空塔俯視東京。
見直_{みなお}す	好轉、 重看	原稿_{げんこう}を見直_{みなお}す。 重新看稿子。
目立_{めだ}つ	醒目	あのシャツの色_{いろ}は目立_{めだ}っている。 那件襯衫的顏色很醒目。
申_{もう}し込_こむ	申請	彼女_{かのじょ}に結婚_{けっこん}を申_{もう}し込_こむ。 跟女朋友求婚。

61

ヤ行 ◎MP3-31

動詞	中文翻譯	例句
役立つ	有幫助	あの資料が役立っている。 那份資料很有用。
横切る	穿越	道を横切る。 穿越馬路。

三 形容詞

「形容詞」分成「イ形容詞」和「ナ形容詞」。「イ形容詞」與「訓讀名詞」、「和語動詞」一樣，發音和漢字的字音無關，所以對華人地區的考生來說，是相當頭疼的部分。本單元整理了N3範圍的「イ形容詞」，和「訓讀名詞」一樣以音節數、五十音順編排，只要了解字義並跟著音檔複誦，一定能夠輕鬆記住。

「ナ形容詞」有很大一部分屬於音讀漢詞，這個部分對華籍考生沒有太大問題，只要掌握「音讀漢詞」單元即可。發音為訓讀的ナ形容詞在N3範圍不多，因此本單元裡的「ナ形容詞」部分，選擇了訓讀發音、或者無法從漢字判斷字義的ナ形容詞，讓讀者可以用最短的時間記住自己不會的ナ形容詞。

（一）イ形容詞

1. 雙音節イ形容詞 ◎MP3-32

イ形容詞	漢字表記	中文翻譯	イ形容詞	漢字表記	中文翻譯
ない	無い	沒有	こい	濃い	濃的

2. 三音節イ形容詞

イ形容詞	漢字表記	中文翻譯	イ形容詞	漢字表記	中文翻譯
あさい	浅い	淺的	あつい	厚い	厚的
うすい	薄い	薄的、（味道）淡的	えらい	偉い	偉大的
おそい	遅い	慢的	かたい	固い	硬的
かゆい	痒い	癢的	からい	辛い	辣的
きつい	－	嚴厲的、緊的	けむい	煙い	燻的
ずるい	－	狡猾的	つらい	辛い	難受的
にがい	苦い	苦的	にぶい	鈍い	鈍的
ぬるい	温い	微溫的	ねむい	眠い	想睡覺的
のろい	鈍い	遲鈍的	はやい	速い	快的
ひどい	－	殘酷的	ふかい	深い	深的
ほそい	細い	細的、瘦的	ほしい	欲しい	想要的
ゆるい	緩い	平緩的	わかい	若い	年輕的

3. 四音節イ形容詞 ⊙MP3-33

イ形容詞	漢字表記	中文翻譯	イ形容詞	漢字表記	中文翻譯
あぶない	危ない	危險的	あやしい	怪しい	可疑的
おかしい	－	奇怪的	おさない	幼い	幼小的
かしこい	賢い	聰明的	きいろい	黄色い	黄色的
きたない	汚い	髒的	きびしい	厳しい	嚴厲的、嚴肅的
くるしい	苦しい	難受的	くわしい	詳しい	詳細的
けむたい	煙たい	嗆的	けわしい	険しい	險峻的
こまかい	細かい	細小的	しかくい	四角い	四方形的
したしい	親しい	親近的	しつこい	－	糾纏不休的
すっぱい	酸っぱい	酸的	するどい	鋭い	尖銳的
ただしい	正しい	正確的	たりない	足りない	不足的
つめたい	冷たい	冰冷的	ねむたい	眠たい	想睡覺的
まずしい	貧しい	貧窮的	まぶしい	眩しい	炫目的

4. 五音節イ形容詞 ◎MP3-34

イ形容詞	漢字表記	中文翻譯
あせくさい	汗臭い	汗臭的
あたたかい	温かい	溫熱的
あたたかい	暖かい	暖和的
いそがしい	忙しい	忙碌的
うすぐらい	薄暗い	微暗的
うつくしい	美しい	美麗的
おとなしい	大人しい	老實的、溫馴的
かっこいい	—	帥氣的
くだらない	—	無聊的
さわがしい	騒がしい	喧囂的
しおからい	塩辛い	鹹的
だらしない	—	不像樣的
はずかしい	恥ずかしい	丟臉的
むしあつい	蒸し暑い	悶熱的
むずかしい	難しい	困難的
めずらしい	珍しい	罕見的
やかましい	喧しい	吵鬧的
やわらかい	柔らかい	柔軟的

5. 六音節イ形容詞 ⊚MP3-35

イ形容詞	漢字表記	中文翻譯
うらやましい	羨ましい	羨慕的
かっこわるい	かっこ悪い	不體面的
かわいらしい	可愛らしい	可愛的、小巧玲瓏的
きみがわるい	気味が悪い	可怕的
ずうずうしい	－	厚臉皮的
そうぞうしい	騒々しい	嘈雜的

6. 七音節イ形容詞 ⊚MP3-36

イ形容詞	漢字表記	中文翻譯
きもちがわるい	気持ちが悪い	噁心的
ひとなつっこい	人なつっこい	不怕生的
めんどうくさい	面倒くさい	麻煩的
れいぎただしい	礼儀正しい	有禮貌的

（二）ナ形容詞 ◎MP3-37

ナ形容詞	漢字表記	中文翻譯	ナ形容詞	漢字表記	中文翻譯
あいまい	曖昧	含糊不清	いいかげん	いい加減	不可靠、隨便
いじわる	意地悪	壞心眼	いたずら	－	惡作劇
いや	嫌	討厭	からっぽ	空っぽ	空空的
かわいそう	－	可憐	きらい	嫌い	討厭
けち	－	小氣	さかん	盛ん	繁盛
さまざま	様々	各種	すなお	素直	老實
ぜいたく	贅沢	奢侈	でたらめ	－	胡說八道、荒唐
なだらか	－	平緩	にがて	苦手	不擅長
にぎやか	賑やか	熱鬧	のんき	呑気	悠閒
はで	派手	華麗	むだ	無駄	白費

四　副詞

　　副詞沒有語尾變化、在句子裡也不是必要結構、而且也不常用到漢字，所以臺灣的學習者常常把日文的副詞當作食之無味棄之可惜的雞肋，其實老師認為與其說副詞是「雞肋」，還不如說副詞是「味精」。一個句子加入適當的副詞，就像一碗湯加入了少許味精，有提味的功效。所以如果撇開日檢，副詞其實是學習日文很重要的一個環節。此外，N3範圍的副詞比起N4、N5有明顯的增加，因此讀者是不能像以前一樣丟掉副詞不管，而是要好好地、認真地，一個字一個字地背起來。

　　本單元將副詞依外型加以分類，先找出「っと」、「AっBり」、「ABAB」三大類，這三大類副詞由於本身外型相似，是測驗時的重點單字。另外無明顯規則的則分為其他類，讀者看完本單元就會發現，原來副詞其實背起來一點都不難喔！

（一）「～っと」型 ◎ MP3-38

副詞	中文翻譯	副詞	中文翻譯
きっと	一定	さっと	迅速地
ざっと	大略地	じっと	目不轉睛
ずっと	一直	そっと	輕輕地
やっと	終於		

（二）「AっBり」型 ◎MP3-39

副詞	中文翻譯	副詞	中文翻譯
うっかり	不留神	がっかり	氣餒
ぐっすり	熟睡	さっぱり	俐落地
しっかり	好好地	すっかり	完全
すっきり	舒暢	そっくり	一模一樣
にっこり	微笑	はっきり	明確地
ぴったり	剛剛好	やっぱり	果然
ゆっくり	慢慢地		

（三）「ABAB」型 ◎MP3-40

副詞	中文翻譯	副詞	中文翻譯
いらいら	焦躁	うろうろ	徘徊
ぎりぎり	剛剛好	そろそろ	就要
たまたま	偶爾	だんだん	漸漸地
とうとう	到底	どきどき	噗通噗通
どんどん	不斷地	なかなか	相當地
にこにこ	笑咪咪	のろのろ	慢吞吞
はきはき	有精神	ぴかぴか	亮晶晶
ぶつぶつ	嘀咕	ぶらぶら	閒晃
ぺらぺら	流利	まあまあ	還好
まだまだ	還沒	もともと	原本

（四）其他二〜三音節副詞 ◎MP3-41

副詞	中文翻譯	副詞	中文翻譯
ぜひ	一定	ただ	只有
ふと	忽然	まず	首先
もし	如果	かなり	相當地
さすが	果然	だいぶ	很
たまに	偶爾	ちゃんと	好好地
ついに	終於	どうか	請
ふだん	平常	ふつう	普通
べつに	其他、特別	まさか	該不會
まるで	宛如	やはり	還是
よほど	相當地	わざと	故意地

（五）其他四～五音節副詞 ◎MP3-42

副詞	中文翻譯	副詞	中文翻譯
いきなり	突然	いちおう	大致上
いったい	到底	きちんと	好好地
ぜひとも	務必	それほど	那麼地
たいてい	大致上	ちっとも	一點也
とにかく	總之	ともかく	暫且不管
のんびり	悠閒地	まったく	完全地
むちゃくちゃ	亂七八糟、無頭無尾	めちゃくちゃ	亂七八糟、胡亂
もうすぐ	立刻	もちろん	當然
もっとも	最	あらためて	重新
なんとなく	總覺得	もしかして	說不定

五 外來語

　　N3範圍的外來語不像N4、N5範圍都只是一些極生活化的外來語，也就是N4、N5外來語通常不須特別準備，而是在學日文的過程中，自然就會學到的單字。可是N3範圍的外來語較社會化、較專業，未必會出現在所有教材中，所以不能像準備N4、N5時那麼輕鬆，而是要一字一字背下來。

（一）雙音節外來語 ◎MP3-43

外來語	中文翻譯	外來語	中文翻譯
エコ	生態、環保	オフ	關掉、過時
キー	鑰匙、關鍵	ゼミ	課程、研討會
バラ	玫瑰	プロ	專家
レジ	收銀台		

（二） 三音節外來語

外來語	中文翻譯	外來語	中文翻譯
アップ	提昇	アニメ	動畫
アルミ	鋁（罐）	ウール	羊毛
ガイド	導遊	カット	減少、剪髮
キャンプ	露營	グラフ	圖表
グラム	公克	コース	路線、課程
コード	電線、密碼	サイズ	尺寸
サイン	簽名、暗號	シート	座位
ショート	短少、捷徑	セール	拍賣
セット	一套、造型	センス	感受、常識
センチ	公分	ソース	醬料
ソファー	沙發	タイヤ	輪胎
ダイヤ	鑽石、時刻表	タオル	毛巾
タッチ	觸碰	チーズ	起士
チェンジ	改變	ツアー	旅行團
ツイン	雙人房	データ	數據
テーマ	主題	ドレス	禮服
ネット	網路	パジャマ	睡衣
バイト	打工	バケツ	水桶
バッグ	包包	パンツ	短褲
ファイル	檔案	プラグ	插頭
ブラシ	刷子	プラン	計畫
ブログ	部落格	ベルト	皮帶、腰帶

ホーム	月台	ホット	熱的
マウス	滑鼠	マスク	面具、口罩
マナー	禮節	メール	電子郵件
モード	流行樣式	ライス	白米飯
ライト	燈光、照明	ラップ	保鮮膜
ランチ	午餐	レベル	等級

（三）四音節外來語 ⊙MP3-44

外來語	中文翻譯	外來語	中文翻譯
アイロン	熨斗	アクセル	油門
アルバム	相本	イコール	相等
イメージ	影像、印象	ウイスキー	威士忌
エアコン	空調	エプロン	圍裙
エンジン	引擎	オーダー	訂貨、點菜
オーバー	大衣、超過	オープン	開幕
オレンジ	柳橙	カーナビ	衛星導航
カプセル	膠囊	カロリー	熱量
キッチン	廚房	キャンセル	取消
クーラー	冷氣	クリック	點擊
クリップ	夾子、迴紋針	グループ	團體
コンビニ	便利商店	ジーンズ	牛仔褲
ジャケット	夾克	シングル	單人房
シンプル	簡單	スイッチ	開關
スタイル	形式	スタンド	看台
ストレス	壓力	スピーチ	演講
スピード	速度	スマート	苗條
セミナー	課程、研討會	デザート	點心
デザイン	設計	ドライブ	兜風
トラック	卡車	バーゲン	拍賣
パトカー	警車	バランス	平衡
ハンサム	英俊	ハンドル	方向盤

ヒーター	暖爐	ビジネス	商業
ファッション	流行服飾	ブラウス	女性襯衫
プリント	講義	ブレーキ	煞車
ポイント	要點	ポスター	海報
ボーナス	獎金	マイナス	負面、負的
マフラー	圍巾	マンション	高級公寓
ユーモア	幽默	リットル	公升
リモコン	遙控器	レシート	收據
ログイン	登入	ロボット	機器人

（四）五音節外來語 ⦿MP3-45

外來語	中文翻譯	外來語	中文翻譯
アドバイス	建議	アナウンス	播音
アルバイト	打工	アレルギー	過敏
アンケート	問卷	イヤリング	耳環
インタビュー	訪問	ウエーター	服務生
エネルギー	能源	オークション	拍賣
カーペット	地毯	ガスレンジ	瓦斯爐
キーボード	鍵盤	コンセント	插座
コンテスト	比賽	スケジュール	行程
スパゲッティ	義大利麵	ソフトウェア	軟體
ターミナル	總站、航廈	ダイエット	減肥、節食
ドライバー	螺絲起子	ドライヤー	吹風機、乾燥機
ネックレス	項鍊	パーセント	比例
バッテリー	電池	フライパン	平底鍋
フリーター	自由工作者	プログラム	程式
プロジェクト	計畫、設計	ボランティア	志工
メッセージ	訊息	リサイクル	資源再利用
リラックス	放鬆		

（五）六音節外來語 MP3-46

外來語	中文翻譯	外來語	中文翻譯
インストール	安裝	ウェイトレス	女服務生
ガイドブック	導覽書籍	キャッシュカード	提款卡
クリーニング	洗衣店	サラリーマン	上班族
シートベルト	安全帶	スーツケース	行李箱
チェックアウト	退房	トレーニング	訓練
パンフレット	手冊	ペットボトル	寶特瓶
ホームページ	網頁	ワイングラス	紅酒杯

（六）七音節以上外來語

外來語	中文翻譯	外來語	中文翻譯
インターネット	網際網路	インフルエンザ	流感
カップラーメン	杯麵	デジタルカメラ	數位相機
ノートパソコン	筆記型電腦	プラットホーム	月台
クレジットカード	信用卡	コインランドリー	投幣式洗衣

六 音讀漢語

　　漢語的量是N3和N4、N5最大的不同，N4、N5屬於初級日語，學習者需要會的漢字頂多三百個生活常用的漢字。但是N3已經進入中級日語，不能只會生活常用漢字，為了具備閱讀能力，必須會更多的漢字和漢詞。所幸身為漢字圈的成員之一，華籍學習者對於漢語一點都不會覺得陌生。我們只需要把重點放在字音和字義，字音上要小心的是清濁音、長短音、促音的有無，以及是否存在音變，或是是否有一個漢字多種發音的狀況。字義上則要小心中日共用卻不同義的漢語以及中文不存在的漢語就可以了。

（一）二字漢詞

ア行 ◎MP3-47

あ	あん	暗記（背誦）		
い	い	以降（以後）	移動（移動）	違反（違反）
		衣服（衣服）	意欲（熱情）	衣類（衣服）
	いん	印鑑（印鑑）		
う	う	右折（右轉）		
	うん	運賃（運費）		
え	えい	栄養（營養）		
	えき	液体（液體）		
	えん	宴会（宴會）		

第一單元 言語知識（文字・語彙）

單字整理　實力測驗　解答解析　文法分析

第二單元 言語知識（文法）

實力測驗　解答解析　閱讀解析　實力測驗

第三單元 讀解

解答解析　題型整理　實力測驗　解答解析

第四單元 聽解

| お | お | 汚染（污染） | | |
| | おう | 応援（加油） | 往復（來回） | |

カ行 ◎MP3-48

	か	価格（價格）	家内（內人）	過去（過去）
		科目（科目）		
	が	画面（畫面）		
	かい	絵画（繪畫）	海外（海外）	改行（換行）
		改正（修正）	解説（解說）	快速（快速）
		快適（舒適）	解答（解答）	会費（會費）
		回復（復原）	開閉（開闔）	
	がい	外食（外食）		
か	かく	各自（各自）	角度（角度）	
	かつ	活動（活動）		
	かっ	各国（各國）		
	かん	観客（觀眾）	歓迎（歡迎）	患者（患者）
		感情（感情）	勘定（算帳）	関心（關心）
		完成（完成）	感想（感想）	完全（完全）
		乾杯（乾杯）	完了（完了）	
	がん	元日（元旦）	元旦（元旦）	

81

き	き	気温（氣温）	期間（期間）	期限（期限）
		記号（記號）	記事（報導）	期待（期待）
		記入（填入）	記念（紀念）	気分（心情）
	きん	金庫（保險箱）	緊張（緊張）	勤務（勤務）

く	く	苦労（辛苦）

け	け	化粧（化妝）		
	げ	外科（外科）	下車（下車）	下旬（下旬）
	けい	経営（經營）	計算（計算）	形式（形式）
	けつ	血液（血液）		
	げつ	月末（月底）		
	けっ	結局（結果）	決勝（決賽）	欠席（缺席）
		決定（決定）	欠点（缺點）	
	けん	件名（主旨）		
	げん	現金（現金）	現在（現在）	減少（減少）
		限定（限定）	限度（限度）	原料（原料）
		減量（減量）		

こ	こ 呼吸（呼吸）		
	こう 硬貨（硬幣）	こうかん 交換（交換）	こうきゅう 高級（高級）
	こうざ 口座（戸頭）	こうこく 広告（廣告）	こうさい 交際（來往）
	こうはい 後輩（晚輩）	こうよう 紅葉（楓葉）	こうれい 高齢（高齡）
	ごう ごうけい 合計（合計）		
	こく こくない 国内（國內）		
	こっ こっせつ 骨折（骨折）		
	こん こんざつ 混雑（混亂）	こんなん 困難（困難）	こんやく 婚約（婚約）

サ行 ◎MP3-49

さ	さ させつ 左折（左轉）		
	ざ ざせき 座席（座位）		
	さい さいじつ 祭日（假日）	さいせい 再生（播放）	さいよう 採用（採用）
	ざい ざいりょう 材料（材料）		
	さく さくじつ 昨日（昨天）	さくねん 昨年（去年）	さくや 昨夜（昨晚）
	さっ さっすう 冊数（冊數）		
	さん さんか 参加（參加）	さんすう 算数（算術）	
	ざん ざんぎょう 残業（加班）		

し	し	歯科（牙科）	指示（指示）	支社（分公司）
		支店（分公司、分店）	始発（首班車）	紙幣（紙幣）
		死亡（死亡）	姉妹（姉妹）	使用（使用）
	じ	時刻（時刻）	自習（自習）	事情（原委）
		自信（自信）	時速（時速）	自宅（自宅）
		地味（樸實）		
	しつ	失望（失望）		
	じっ	実験（實驗）	実際（實際）	
	しゃ	車庫（車庫）	車掌（車長）	
	しゃっ	借金（借款）		
	しゅ	手術（手術）	首相（首相）	主婦（主婦）
		種類（種類）		
	じゅ	受験（參加考試）	受信（接收訊號）	
	しゅう	終電（末班電車）	週末（週末）	終了（終了）
	じゅう	渋滞（塞車）	重要（重要）	
	しゅく	祝日（國定假日）	宿泊（住宿）	
	しゅっ	出荷（出貨）	出血（流血）	出品（參展）
	じゅん	純粋（純粹）		
	しょ	初級（初級）	初旬（上旬）	書類（文件）
	じょ	女優（女演員）		

	しょう	賞金（獎金）	正直（正直）	症状（症狀）
し		商店（商店）	商品（商品）	賞品（獎品）
		勝負（勝負）	消防（消防）	
	じょう	常温（常温）	定規（尺）	上級（上級）
		上司（上司）	乗車（乗車）	上旬（上旬）
		上達（進步）	情報（資訊）	
	しょく	食塩（食鹽）	職業（職業）	食費（伙食費）
		食品（食品）	食欲（食慾）	
	しょっ	食器（餐具）		
	しん	進学（升學）	信号（號誌）	申告（申報）
		診察（診療）	申請（申請）	親戚（親戚）
		身長（身高）	震度（震度）	新品（新貨）
		親友（摯友）	親類（親戚）	
	じん	人類（人類）		

	ず	図形（圖形）	頭痛（頭痛）
す	すい	睡眠（睡眠）	
	すう	数式（算式）	数量（數量）

85

せ	せ	世界（世界）	世間（世上）	世話（照顧）
	ぜ	是非（一定）		
	せい	正確（正確）	性格（性格）	生活（生活）
		正座（跪坐）	政治（政治）	正常（正常）
		成績（成績）	製造（製造）	成長（成長）
		製品（產品）	政府（政府）	性別（性別）
	ぜい	税金（税金）		
	せき	石油（石油）		
	せつ	接続（連接）	節約（節約）	
	せん	選挙（選舉）	戦後（戰後）	専攻（專攻）
		洗剤（清潔劑）	先日（前幾天）	選手（選手）
		線路（軌道）		
	ぜん	全席（所有座位）		

そ	そ	組織（組織）	祖先（祖先）	祖父（祖父）
		祖母（祖母）	粗末（粗糙）	
	そう	送金（匯款）	送信（傳訊）	相談（商量）
		挿入（插入）	送料（運費）	
	ぞう	増加（増加）	増量（増量）	
	そく	速達（快捷郵件）	速度（速度）	

タ行 ◎MP3-50

た	た	<ruby>多忙<rt>たぼう</rt></ruby>（忙碌）		
	たい	<ruby>体重<rt>たいじゅう</rt></ruby>（體重）		
	だい	<ruby>代金<rt>だいきん</rt></ruby>（貨款）	<ruby>代表<rt>だいひょう</rt></ruby>（代表）	
	たく	<ruby>宅配<rt>たくはい</rt></ruby>（宅配）		
	たん	<ruby>単位<rt>たんい</rt></ruby>（學分）	<ruby>単語<rt>たんご</rt></ruby>（單字）	<ruby>担当<rt>たんとう</rt></ruby>（負責）
	だん	<ruby>断水<rt>だんすい</rt></ruby>（停水）	<ruby>団体<rt>だんたい</rt></ruby>（團體）	

ち	ち	<ruby>地球<rt>ちきゅう</rt></ruby>（地球）	<ruby>遅刻<rt>ちこく</rt></ruby>（遲到）	<ruby>治療<rt>ちりょう</rt></ruby>（治療）
	ちゅう	<ruby>中古<rt>ちゅうこ</rt></ruby>（中古）	<ruby>中旬<rt>ちゅうじゅん</rt></ruby>（中旬）	<ruby>昼食<rt>ちゅうしょく</rt></ruby>（午飯）
		<ruby>注文<rt>ちゅうもん</rt></ruby>（訂貨）		
	ちょ	<ruby>貯金<rt>ちょきん</rt></ruby>（存款）		
	ちょう	<ruby>長期<rt>ちょうき</rt></ruby>（長期）	<ruby>調査<rt>ちょうさ</rt></ruby>（調查）	<ruby>調子<rt>ちょうし</rt></ruby>（狀況）
		<ruby>調整<rt>ちょうせい</rt></ruby>（調整）		
	ちょく	<ruby>直接<rt>ちょくせつ</rt></ruby>（直接）		

つ	つい	<ruby>追加<rt>ついか</rt></ruby>（追加）		
	つう	<ruby>通過<rt>つうか</rt></ruby>（通過）	<ruby>通学<rt>つうがく</rt></ruby>（通學）	<ruby>通勤<rt>つうきん</rt></ruby>（通勤）
		<ruby>通信<rt>つうしん</rt></ruby>（通訊）	<ruby>通帳<rt>つうちょう</rt></ruby>（存摺）	<ruby>通訳<rt>つうやく</rt></ruby>（口譯）
		<ruby>通路<rt>つうろ</rt></ruby>（通路）		

	てい	定価（定價） ていか	停車（停車） ていしゃ	提出（交出） ていしゅつ
て	てつ	鉄道（鐵路） てつどう		
	てん	天井（天花板） てんじょう	転職（轉行） てんしょく	転送（轉寄） てんそう
		添付（附加） てんぷ		
	でん	電球（燈泡） でんきゅう	伝言（留言） でんごん	電波（訊號） でんぱ

	と	登山（登山） とざん		
	ど	努力（努力） どりょく		
	とう	登録（登錄） とうろく		
と	とく	得意（擅長） とくい		
	どく	独身（單身） どくしん		
	とつ	突然（突然） とつぜん		

ナ行 ◎MP3-51

	ない	内科（內科） ないか	内容（內容） ないよう
な	なん	難問（難題） なんもん	

	にち	日常（日常） にちじょう	
に	にっ	日程（行程） にってい	
	にゅう	入荷（進貨） にゅうか	入力（輸入） にゅうりょく

ハ行 ◎MP3-52

は	はい	配達（配送）
	ばい	売店（販賣部）
	はつ	発売（發售）
	はっ	発見（發現）　発車（發車）
	はん	半額（半價）　販売（販賣）

ひ	ひ	非常（緊急）　否定（否定）
	び	美人（美女）
	ひっ	必死（拚命）
	ひょう	表現（表達）　表示（表示）　表情（表情） 表面（表面）
	びん	貧乏（貧窮）

ふ	ふ	夫妻（夫妻）　不在（不在）　婦人（婦女） 不足（不足）　不満（不滿）
	ぶ	部数（冊數）　部分（部分）
	ふう	風船（氣球）　夫婦（夫婦）
	ふく	腹痛（腹痛）

へ	へい	平日（平日） へいじつ		
	べい	米国（美國） べいこく		
	へん	返却（歸還） へんきゃく	変更（變更） へんこう	返信（回信） へんしん

ほ	ほ	保存（保存） ほぞん	保留（保留） ほりゅう	
	ぼ	募集（募集） ぼしゅう		
	ほう	方向（方向） ほうこう	報告（報告） ほうこく	包丁（菜刀） ほうちょう
	ぼう	貿易（貿易） ぼうえき		
	ほん	本社（總公司） ほんしゃ	本店（總店） ほんてん	翻訳（翻譯） ほんやく

マ行 ◎MP3-53

ま	まい	枚数（張數） まいすう		
	まっ	末期（末期） まっき	末端（末端） まったん	
	まん	万一（萬一） まんいち	満員（客滿） まんいん	満席（滿座） まんせき

| み | み | 未定（未定）
みてい | 未来（未來）
みらい | |

| む | む | 無休（無休息）
むきゅう | 無地（素色）
むじ | 無断（擅自）
むだん |
| | | 夢中（沉迷）
むちゅう | 無料（免費）
むりょう | |

| め | めい | 迷惑（困擾）
めいわく | | |
| | めん | 面接（面試）
めんせつ | 面倒（麻煩）
めんどう | |

も	も	模様（花色）		
	もく	目次（目録）　目的（目的）		

ヤ行 ◎MP3-54

や	や	野球（棒球）　家賃（房租）		
	やく	役員（董監事）		
	やっ	薬局（藥局）		

ゆ	ゆ	輸送（運送）	
	ゆう	勇気（勇氣）　夕食（晚餐）	

よ	よ	預金（存款）　予想（預想）　予報（預報） 予防（預防）		
	よう	要求（要求）　用件（事情）　幼児（幼兒） 様子（樣子）		

ラ行 ○MP3-55

り	り	理解（理解）　利口（伶俐）
	りゅう	流行（流行）
	りょ	旅館（旅館）　旅費（旅費）
	りょう	了解（了解）
	りょく	緑茶（綠茶）

れ	れっ	列車（列車）
	れん	連休（連假）

ろ	ろう	老人（老人）
	ろく	録音（錄音）　録画（錄影）

（二）三字以上漢詞 ◉MP3-56

ア行	あ	暗証番号（密碼）あんしょうばんごう		
	い	一昨日（前天）いっさくじつ	一昨年（前年）いっさくねん	一方通行（單行道）いっぽうつうこう
	う	運転席（駕駛座）うんてんせき	運転免許証（駕駛執照）うんてんめんきょしょう	
	お	横断歩道（斑馬線）おうだんほどう		

カ行	か	花粉症（花粉症）かふんしょう	回数券（回數票）かいすうけん	歓迎会（歡迎會）かんげいかい
		看護師（護理師）かんごし	乾燥機（烘乾機）かんそうき	
	き	技術者（技術人員）ぎじゅつしゃ	救急車（救護車）きゅうきゅうしゃ	教科書（教科書）きょうかしょ
		禁煙席（禁菸席）きんえんせき		
	け	警察署（警察局）けいさつしょ	携帯電話（行動電話）けいたいでんわ	
	こ	個人的（個人性）こじんてき	交差点（十字路口）こうさてん	工事中（施工中）こうじちゅう
		交通費（交通費）こうつうひ	国際的（國際性）こくさいてき	合格発表（放榜）ごうかくはっぴょう
		公共料金（水電瓦斯等公共事業費用）こうきょうりょうきん		
		高速道路（高速公路）こうそくどうろ	交通事故（交通事故）こうつうじこ	

さ	再来月（下下個月）	再来週（下下星期）		再来年（後年）	
	再入国（再次入境）	三角形（三角形）		参考書（參考書）	
し	時間帯（時段）	時刻表（時刻表）		指定席（對號座）	
	耳鼻科（耳鼻喉科）	市役所（市公所）		自由席（自由座）	
	授業料（學費）	従業員（從業人員）			
	助手席（副駕駛座）	初心者（初學者）			
	奨学金（獎學金）	消極的（消極的）			
	乗車券（車票）	消費者（消費者）			
	消費税（消費稅）				
	神経質（神經質）	新製品（新產品）			
	賞味期限（有效期限）				
	新規作成（開新檔案）	信号無視（闖紅燈）			
	新婚旅行（蜜月旅行）	自動販売機（自動販賣機）			
す	炊飯器（電子鍋）				
せ	生活費（生活費）	請求書（請款單）		整理券（號碼牌）	
	積極的（積極）	専門家（專家）		掃除機（吸塵器）	
そ	送信者（寄件人）	送別会（歡送會）			

サ行

94

タ行	ち	駐車券（停車券） 駐車場（停車場） 調味料（調味料） 駐車違反（違規停車）
	つ	通帳記入（補登存摺）
	て	定期券（定期票） 停留所（公車站）
	と	特売品（特賣品） 特急券（特快車券） 特急料金（特快車費用） 都道府県（都道府縣）

ナ行	に	日本酒（日本酒） 入学式（開學典禮）
	ね	年賀状（賀年卡） 年末年始（歲末年初）

ハ行	は	配送料（運費）
	ひ	飛行機（飛機） 否定的（否定的、相反的） 美容院（美容院）
	ふ	不安定（不穩定） 不合格（不合格） 不自由（不自由） 雰囲気（氣氛）
	ほ	忘年会（尾牙）

マ行	む	無責任（不負責）

ヤ行	ゆ	遊園地（遊樂園） 優先席（博愛座） 有効期限（有效期限）

ラ行	り	履歴書（履歴表） 領収書（收據）
	る	留守番（看家）
	れ	冷蔵庫（冰箱） 冷凍庫（冷凍庫）

實力測驗

問題Ｉ ＿＿＿＿のことばの読み方として最もよいものを１・２・３・４
から一つえらびなさい。

（　）① 二人の愛情が冷めないうちに、早く結婚したほうがいい。
　　　　１ きめない　　２ さめない　　３ そめない　　４ とめない

（　）② 汚い水を飲むと、病気になりますよ。
　　　　１ あぶない　　２ おさない　　３ きたない　　４ たりない

（　）③ 汚れた下着を着ているのは気持ちが悪い。
　　　　１ したき　　　２ したぎ　　　３ しだき　　　４ しだぎ

（　）④ 先生がお帰りになったら、ちょっと伝言をお願いいたします。
　　　　１ てんげん　　２ てんごん　　３ でんげん　　４ でんごん

問題ＩＩ ＿＿＿＿のことばを漢字で書くとき、最もよいものを１・２・
３・４から一つえらびなさい。

（　）⑤ ぞうきんでゆかをふいてください。
　　　　１ 掃いて　　　２ 拭いて　　　３ 巻いて　　　４ 剥いて

（　）⑥ ハムをあつく切ってください。
　　　　１ 暑く　　　　２ 熱く　　　　３ 厚く　　　　４ 重く

（　）⑦ あの店では外国のしょうひんを扱っています。
　　　　１ 商品　　　　２ 商品　　　　３ 賈品　　　　４ 賞品

（　）⑧ しゅじゅつがうまくいけば、助かるだろう。
　　　　１ 主述　　　　２ 主術　　　　３ 手述　　　　４ 手術

問題III （　　　）に入れるものに最もよいものを 1・2・3・4から

一つえらびなさい。

（　）⑨ 病気で一週間も寝ていたら、すっかり（　　　）がのびた。

1 ほほ　　　　 2 ひたい　　　　 3 まぶた　　　 4 ひげ

（　）⑩ 子どもは水あそびをして、ふくを（　　　）。

1 へらした　　 2 ぬらした　　 3 こぼした　　 4 かわかした

（　）⑪ あの人の車はいつも（　　　）光っている。

1 のろのろ　　 2 ぶらぶら　　 3 ぴかぴか　　 4 はきはき

（　）⑫ この宝石は（　　　）にちょっときずがついているので安い。

1 表現　　　　 2 表示　　　　 3 表情　　　　 4 表面

問題IV 　　　　に意味が最も近いものを 1・2・3・4から一つえらび

なさい。

（　）⑬ 約束の時間がはっきりしないので、もう一度電話でたしかめ
てください。

1 申告して　　 2 受験して　　 3 調査して　　 4 確認して

（　）⑭ 野球シーズンの前に、きびしいトレーニングをしている。

1 試合　　　　 2 応援　　　　 3 活動　　　　 4 練習

（　）⑮ テレビの音がそうぞうしくて、勉強ができません。

1 くらくて　　 2 おもしろくて 3 しずかで　　 4 うるさくて

（　）⑯ 店は客で混雑している。

1 くるんで　　 2 こんで　　　 3 かこんで　　 4 このんで

問題Ⅴ　つぎのことばの使い方として最もよいものを、一つえらび
　　　　なさい。

（　）⑰ 盛ん
　　　1 うちの娘は盛んな音楽ばかり好きです。
　　　2 生活が盛んになった。
　　　3 日本では野球がとても盛んです。
　　　4 会場で盛んな歓迎式が行われた。

（　）⑱ もうかる
　　　1 税金がもうからないといいんですが。
　　　2 株で100万円もうかった。
　　　3 つまらないことに金をもうからないように。
　　　4 せっせともうかってもお金はなかなかたまらない。

（　）⑲ くわしい
　　　1 この本は私にはくわしくて、よくわからなかった。
　　　2 くわしいことは後で話します。
　　　3 私はあの人とはあまりくわしくない。
　　　4 くわしいことを気にしていては大きな仕事ができない。

（　）⑳ スマート
　　　1 彼女のスマートな体つきは、30年間ずっと変わらない。
　　　2 スマートがたまると怒りっぽくなる。
　　　3 かみのけを短くしたほうがスマートだ。
　　　4 課長はスマートのある人なので、部下に人気があります。

解答

問題 I	① 2	② 3	③ 2	④ 4

問題 II	⑤ 2	⑥ 3	⑦ 2	⑧ 4

問題 III	⑨ 4	⑩ 2	⑪ 3	⑫ 4

問題 IV	⑬ 4	⑭ 4	⑮ 4	⑯ 2

問題 V	⑰ 3	⑱ 2	⑲ 2	⑳ 1

中文翻譯及解析

問題 1 ＿＿＿＿のことばの読み方として最もよいものを1・2・3・4から一つえらびなさい。（請從1・2・3・4當中選出一個底線單字的讀音最好的答案。）

（　）① 二人の愛情が冷めないうちに、早く結婚したほうがいい。

　　　　1 きめない　　　2 さめない　　　3 そめない　　　4 とめない

中譯 趁兩人的愛情還沒降溫時，快點結婚比較好。

解析 本題測驗語尾是「～める」的動詞發音。選項1「きめない」源自於「決める」（決定）；選項2「さめない」源自於「冷める」（涼掉）；選項3「そめない」源自於「染める」（染色）；選項4「とめない」源自於「止める・留める・泊める」（使停止、使停留、留宿）。正確答案為選項2。

（　）② 汚い水を飲むと、病気になりますよ。

　　　　1 あぶない　　　2 おさない　　　3 きたない　　　4 たりない

中譯 喝髒水的話會生病喔！

解析 本題測驗語尾是「～ない」的イ形容詞發音。選項1是「危ない」（危險的）；選項2是「幼い」（年幼的）；選項3是「汚い」（髒的）；選項4是「足りない」（不足的）。正確答案為選項3。

（　）③ 汚れた下着を着ているのは気持ちが悪い。

　　　　1 したき　　　2 したぎ　　　3 しだき　　　4 しだぎ

中譯 穿著髒內衣很不舒服。

解析 本題測驗訓讀名詞的發音，測驗重點在於清濁音及音變是否存在。漢字

「下」的訓讀是「した」、漢字「着」的訓讀是「き」，但是構成「下着」（內衣褲）時，「き」必須音變為濁音「ぎ」。正確答案為選項2。

（　）④ 先生がお帰りになったら、ちょっと伝言をお願いいたします。

1 てんげん　　2 てんごん　　3 でんげん　　4 でんごん

中譯 老師回來的話，麻煩您傳話給他。

解析 本題測驗音讀漢語的發音，測驗重點在於清濁音及特殊發音。漢字「伝」的音讀為「でん」；漢字「言」常見的音讀為「げん」，但此處並不是唸作「げん」，而是較特殊的「ごん」。正確答案為選項4。

問題 II _____ のことばを漢字で書くとき、最もよいものを 1・2・3・4 から一つえらびなさい。（請從1・2・3・4當中選出一個書寫底線漢字時最好的答案。）

（　）⑤ ぞうきんでゆかをふいてください。

　　　　　1 掃いて　　　　2 拭いて　　　　3 巻いて　　　　4 剥いて

中譯 請用抹布擦地板。

解析 本題測驗語尾是「〜く」的動詞漢字。選項1源自於「掃く」（掃）；選項2源自於「拭く」（擦）；選項3源自於「巻く」（捲）；選項4源自於「剥く」（去皮）。正確答案為選項2。

（　）⑥ ハムをあつく切ってください。

　　　　　1 暑く　　　　2 熱く　　　　3 厚く　　　　4 重く

中譯 請把火腿切厚一點。

解析 本題測驗三音節イ形容詞的漢字。選項1源自於「暑い」（熱的）；選項2源自於「熱い」（燙的）；選項3源自於「厚い」（厚的）；選項4源自於「重い」（重的）。本題要小心的是前三個選項為同音字，必須小心選出正確的漢字。正確答案為選項3。

（　）⑦ あの店では外国のしょうひんを扱っています。

　　　　　1 商品　　　　2 商品　　　　3 賈品　　　　4 賞品

中譯 那家店在賣外國貨。

解析 本題測驗音讀漢語的漢字寫法。選項1「商品」是為了偽裝成選項2「商品」、選項3「賈品」是為了偽裝成選項4「賞品」，因此這兩個選項都是不存在的漢語。選項2「商品」（商品）、選項4「賞品」（獎品）都唸作「しょうひん」，但是配合前面的「外国」（外國）和後面的「扱う」（處理），「商品」才符合句意。正確答案為選項2。

（　）⑧ しゅじゅつがうまくいけば、助かるだろう。

　　1 主述　　　　2 主術　　　　3 手述　　　　4 手術

中譯　如果手術順利的話就會得救吧！

解析　本題測驗音讀漢語的漢字寫法。「主」和「手」的音讀都是「しゅ」；

「述」和「術」的音讀都是「じゅつ」，但是湊在一起之後「主術」、

「手述」無法構成有意義的漢語，選項2、選項3應優先排除。選項1「主

述」可以成為文法用語，表示「主語和述語」，但一般不太會用到。只有

「手術」是常用漢語，配合句子後面的「うまくいく」（順利）、「助か

る」（得救）也很恰當。正確答案為選項4。

單字整理　實力測驗　解答解析

第一單元　言語知識（文字・語彙）

文法分析　實力測驗　解答解析

第二單元　言語知識（文法）

閱讀解析　實力測驗　解答解析

第三單元　讀解

題型整理　實力測驗　解答解析

第四單元　聽解

もんだい
問題Ⅲ

問題Ⅲ （　　　）に入れるものに最もよいものを１・２・３・４から一つえらびなさい。（請從１・２・３・４當中，選出一個放入括弧中最好的答案。）

（　）⑨ 病気で一週間も寝ていたら、すっかり（　　　）がのびた。

　　　　1 ほほ　　　　　2 ひたい　　　　3 まぶた　　　　<u>4 ひげ</u>

中譯　生病躺了一個星期，臉上長滿了鬍子。

解析　本題測驗臉部相關部位的訓讀名詞。選項1「ほほ」是「臉頰」；選項2「ひたい」是「額頭」；選項3「まぶた」是「眼皮」；選項4「ひげ」是「鬍子」。依後面的動詞「伸びる」（變長），正確答案為選項4。

（　）⑩ 子どもは水あそびをして、ふくを（　　　）。

　　　　1 へらした　　　<u>2 ぬらした</u>　　　3 こぼした　　　4 かわかした

中譯　小孩玩水把衣服弄濕了。

解析　本題測驗語尾為「～す」的動詞。選項1源自於「減らす」（減少）；選項2源自於「濡らす」（弄濕）；選項3源自於「こぼす」（使灑出）；選項4源自於「乾かす」（弄乾）。「衣服」沒辦法「灑出」，因此選項3應優先排除。前面有「水あそびをして」（玩水）這個「自然原因」，所以不會是「減少衣服」、也不會是「弄乾衣服」，因此排除選項1、選項4。正確答案為選項2。

（　）⑪ あの人の車はいつも（　　　）光っている。

　　　　1 のろのろ　　　2 ぶらぶら　　　<u>3 ぴかぴか</u>　　　4 はきはき

中譯　那個人的車子總是閃閃發光。

解析　本題測驗擬聲語擬態語中常見的「ABAB」型副詞。選項1「のろのろ」是「慢吞吞」；選項2「ぶらぶら」是「閒晃」；選項3「ぴかぴか」是「亮晶晶」；選項4「はきはき」是「有精神」。從「光る」（發光）這個動詞來判斷，正確答案為選項3。

（　）⑫ この宝石は（　　　　）にちょっときずがついているので安い。

1 表現　　　　2 表示　　　　3 表情　　　　__4 表面__

中譯　這個寶石表面有點瑕疵，所以很便宜。

解析　本題測驗「表」開頭的音讀漢語。選項1「表現」是「表達」；選項2「表示」是「顯示」；選項3「表情」是「表情」；選項4「表面」是「表面」。從後面的「傷が付く」（受傷、瑕疵）判斷，正確答案為選項4。

問題IV _____ に意味が最も近いものを 1・2・3・4 から一つえらびなさい。（請從 1・2・3・4 當中，選出一個和底線單字的意思最相近的答案。）

（ ）⑬ 約束の時間がはっきりしないので、もう一度電話でたしかめてください。
1 申告して　　2 受験して　　3 調査して　　4 確認して

中譯 因為約定的時間不明確，所以請再打電話確認一次。

解析 本題測驗和語動詞和漢語動詞的近義字。題目句裡的「たしかめて」是「確認」（辭書形為「確かめる」）。選項1源自於「申告する」（申報）；選項2源自於「受験する」（參加考試）；選項3源自於「調査する」（調查）；選項4源自於「確認する」（確認）。正確答案為選項4。

（ ）⑭ 野球シーズンの前に、きびしいトレーニングをしている。
1 試合　　2 応援　　3 活動　　4 練習

中譯 棒球球季之前進行著嚴格的訓練。

解析 本題測驗外來語和漢語的近義字，題目句裡的「トレーニング」是「訓練」的意思。選項1「試合」是「比賽」；選項2「応援」是「加油打氣、聲援」；選項3「活動」是「活動」；選項4「練習」是「練習」。正確答案為選項4。

（ ）⑮ テレビの音がそうぞうしくて、勉強ができません。
1 くらくて　　2 おもしろくて　3 しずかで　4 うるさくて

中譯 電視的聲音吵得不能讀書。

解析 本題測驗形容詞之間的近義字，題目句裡的「そうぞうしくて」是「吵鬧」的意思，字源是「騒々しい」。選項1源自於「暗い」（暗的）；選

項2源自於「<ruby>面白<rt>おもしろ</rt></ruby>い」（有趣的）；選項3源自於「<ruby>静<rt>しず</rt></ruby>か」（安靜）；選項4源自於「うるさい」（吵的）。正確答案為選項4。

（　）⑯ <ruby>店<rt>みせ</rt></ruby>は<ruby>客<rt>きゃく</rt></ruby>で<ruby>混雑<rt>こんざつ</rt></ruby>している。

　　　　1 くるんで　　2 こんで　　　3 かこんで　　4 このんで

中譯 店裡因為客人很擁擠。

解析 本題測驗漢語動詞和和語動詞的近義字，題目句裡的「<ruby>混雑<rt>こんざつ</rt></ruby>して」是「擁擠、混亂」的意思（辭書形是「<ruby>混雑<rt>こんざつ</rt></ruby>する」）。選項1源自於「<ruby>包<rt>くる</rt></ruby>む」（包、捆）；選項2源自於「<ruby>込<rt>こ</rt></ruby>む」（擁擠）；選項3源自於「<ruby>囲<rt>かこ</rt></ruby>む」（圍住）；選項4源自於「<ruby>好<rt>この</rt></ruby>む」（喜好）。正確答案為選項2。

問題Ⅳ　つぎのことばの使い方として最もよいものを、一つえらび
なさい。（請從選項中選出一個以下單字最正確的用法。）

（　）⑰ 盛ん
　　　１ うちの娘は盛んな音楽ばかり好きです。
　　　２ 生活が盛んになった。
　　　３ 日本では野球がとても盛んです。
　　　４ 会場で盛んな歓迎式が行われた。

解析 本題測驗ナ形容詞「盛ん」，這個字翻譯上常說成有「繁榮」、「盛
大」、「積極」、「熱烈」，和「にぎやか」、「豊か」、「盛大」等字
的翻譯雖然類似，但是未必可以互換。選項1應將「盛ん」改為「にぎや
か」，說成「うちの娘はにぎやかな音楽ばかり好きです」（我女兒只喜
歡熱鬧的音樂）；選項2應將「盛ん」改為「豊か」，說成「生活が豊か
になった」（生活變得富裕）；選項4應將「盛ん」改為「盛大」，說成
「会場で盛大な歓迎式が行われた」（會場舉行了盛大的歡迎儀式）。正
確用法為選項3「日本では野球がとても盛んです」（在日本棒球非常盛
行）。

（　）⑱ もうかる
　　　１ 税金がもうからないといいんですが。
　　　２ 株で100万円もうかった。
　　　３ つまらないことに金をもうからないように。
　　　４ せっせともうかってもお金はなかなかたまらない。

解析 本題測驗動詞「儲かる」，這個字雖然常翻譯為「賺錢」，但是指的是
「賺大錢」或是「賺到了」這樣的「賺」。此外，「儲かる」是自動詞，
他動詞形是「儲ける」。選項1要表達的是「課稅」，應該使用表示「花
費」的自動詞「かかる」，說成「税金がかからないといいんですが」

（要是不用課稅就好了）才恰當；選項3要表達的是「用錢」，應該使用表示「使用」的他動詞「使う」，說成「つまらないことに金を使わないように」（希望不要把錢花在不必要的地方）才恰當。選項4要表達的是「勞動」，應該使用表示「工作」的自動詞「働く」，說成「せっせと働いてもお金はなかなかたまらない」（就算辛勤工作也存不到錢）才恰當。正確用法為選項2「株で100万円もうかった」（股票賺了一百萬）。

（　）⑲ くわしい

　　1 この本は私にはくわしくて、よくわからなかった。

　　<u>2 くわしいことは後で話します。</u>

　　3 私はあの人とはあまりくわしくない。

　　4 くわしいことを気にしていては大きな仕事ができない。

解析 本題測驗イ形容詞「詳しい」，這個字有「詳細的」、「熟悉的」的意思。選項1應該使用「難しい」（困難的），說成「<u>この本は私には難しくて、よくわからなかった</u>」（這本書對我來說太難了，看不太懂）才恰當；選項3應該使用「親しい」（親近的），說成「<u>私はあの人とはあまり親しくない</u>」（我和那個人不太親）才恰當；選項4應該使用「細かい」（細微的）或是「小さい」（小的），說成「<u>細かい/小さいことを気にしていては大きな仕事ができない</u>」（只注意小地方沒辦法成大事）才恰當。正確用法為選項2「<u>くわしいことは後で話します</u>」（詳細的事情之後再說）。

（　）⑳ スマート

　　<u>1 彼女のスマートな体つきは、３０年間ずっと変わらない。</u>

　　2 スマートがたまると怒りっぽくなる。

　　3 かみのけを短くしたほうがスマートだ。

　　4 課長はスマートのある人なので、部下に人気があります。

解析 本題測驗外來語「スマート」，這個外來語的字源是「smart」，也許大家馬上聯想到「聰明」，但在日文的外來語中，「スマート」通常用來表達「苗條」。選項2應使用「ストレス」（壓力），說成「ストレスがたまると怒りっぽくなる」（壓力累積的話，會變得易怒）才恰當；選項3應使用「涼しい」（涼爽的），說成「かみのけを短くしたほうが涼しい」（把頭髮剪短比較涼）才恰當；選項4應使用「ユーモア」（幽默），說成「課長はユーモアのある人なので、部下に人気があります」（課長很幽默，所以很受部下歡迎）才恰當。正確用法為選項1「彼女のスマートな体つきは、３０年間ずっと変わらない」（她苗條的體態，三十年都沒變）。

單字整理　實力測驗　解答解析

第一單元　言語知識（文字・語彙）

文法分析　實力測驗　解答解析

第二單元　言語知識（文法）

閱讀解析　實力測驗　解答解析

第三單元　讀解

題型整理　實力測驗　解答解析

第四單元　聽解

memo

言語知識（文法）

文法準備要領

N3範圍文法是日檢五個級數裡最不可測的，說好聽一點，是初級到中級的橋樑，有承先啟後的目的。說得可怕一點，是初級文法的集大成、也是中級文法的精華篇。坊間有些N3文法教材就是將N4和N2的文法全部放在一起，好處是完全不會有遺漏，壞處就是毫無重點可言。

本書的選擇方式則是優先選出初級日文較難的部分，接下來選出初級日文的衍生文法，然後則是中級日文使用頻率最高的句型。什麼是簡單的文法、什麼是困難的文法？其實差別正是使用頻率的高低。

挑選出將近八十個句型後，再分為「接尾語・複合語」、「副助詞」、「複合助詞」、「接續用法」、「句尾用法」、「形式名詞」六個單元。這樣的分類除了好學好記外，實際測驗時，每一題的備選答案也通常會是同類的句型。也就是在學習文法的過程，同時也就能了解出題的方向。

新日檢N3「言語知識」的「文法」部分共有三大題，第一大題考句型；第二大題考句子重組；第三大題叫做文章文法，其實就是文章式克漏字。文法要得高分，讀者除了要學會相關句型外，還必須熟悉基礎文法，才能夠融會貫通。請讀者學完相關文法之後，務必進行最後的「實力測驗」，才能真正了解出題模式。

必考文法分析

一　接尾語・複合語

（一）接尾語 🔘MP3-57

01	～さ

意義　形容詞名詞化

連接　【イ形容詞（～い）・ナ形容詞】＋さ

例句
- 新幹線の速さは１時間に約３００キロメートルです。

　新幹線的速度一個小時約三百公里。

- 台湾人の親切さは日本人も感動する。

　台灣人的親切連日本人都感動。

02	～み

意義　形容詞名詞化

連接　【イ形容詞（～い）・ナ形容詞】＋み

例句
- 田中さんは奥さんが亡くなって、悲しみに沈んでいます。

　田中先生自從太太過世後就沉浸在悲傷之中。

- 真剣みが足りなかったから、先生に叱られました。

　因為不夠認真，所以被老師罵了。

---

03 〜がる

| 意義 | 覺得〜（形容詞動詞化） |

| 連接 | 【イ形容詞（〜い）・ナ形容詞】＋がる |

| 例句 | ■ あの女の人は転んで、恥ずかしがっています。 |

那女子跌倒了，覺得很不好意思。

■ 日本に来た外国人が不思議がるものはありますか。

有來到日本的外國人會覺得不可思議的東西嗎？

---

04 〜たがる

| 意義 | （他／她）想〜（表第三人稱之願望） |

| 連接 | 【動詞ます形】＋たがる |

| 例句 | ■ 子どもはチョコレートを食べたがります。 |

小孩都會想吃巧克力。

■ 弟は公園へ行きたがっています。

弟弟想去公園。

---

05 〜をほしがる

| 意義 | 想要〜（表第三人稱之願望） |

| 連接 | 【名詞】＋をほしがる |

| 例句 | ■ 子どもはほかの子どもの持っているものをほしがります。 |

小孩都會想要其他小孩有的東西。

■ 娘はケーキをほしがっています。

女兒想要蛋糕。

（二）複合語 ◎MP3-58

06 ～合う

意義 互相～

連接 【動詞ます形】＋合う

例句
- あの二人はお互いに愛し合っています。

  那兩個人相愛著。

- 電車の中では譲り合って座りましょう。

  電車上要互相禮讓乘坐！

07 ～上げる／～上がる

意義 使～完成；～完成

連接 【動詞ます形】＋上げる・上がる

例句
- やっと論文を書き上げました。

  終於寫好了論文。

- ご飯が炊き上がりました。

  飯煮好了。

08 ～かえる

意義 換～；改～

連接 【動詞ます形】＋かえる

例句
- この文章を書きかえます。

  改寫這篇文章。

- 部屋の空気を入れかえましょうか。

  讓房裡的空氣流通一下吧！

第一單元 言語知識（文字・語彙）

單字整理　實力測驗　解答解析

第二單元 言語知識（文法）

文法分析　實力測驗　解答解析

第三單元 讀解

閱讀解析　實力測驗　解答解析

第四單元 聽解

題型整理　實力測驗　解答解析

09 ～忘れる

意義 忘了～

連接 【動詞ます形】＋忘れる

例句
- 出かけるとき、ドアにかぎをかけ忘れました。

  出門時，忘了鎖門。

- 今朝、薬を飲み忘れました。

  今天早上忘了吃藥。

10 ～たて

意義 剛～

連接 【動詞ます形】＋たて

例句
- とりたての野菜もおいしいです。

  現採的蔬菜也很好吃。

- 焼きたてのパンはおいしいです。

  剛出爐的麵包很好吃。

二 副助詞 ◎MP3-59

11 ～こそ

意義	～才；正是～
連接	【名詞】＋こそ
例句	■「いつもお世話になっております」「いいえ、こちらこそ」

「一直受您的照顧。」「不，我才是呢！」

　　　■ 過ちを認めることこそが大切だ。

承認錯誤才重要。

12 ～さえ／～でさえ

意義	甚至～；連～都
連接	【名詞】＋さえ・でさえ
例句	■ そんなこと、子供でさえ知っている。

那種事，連小孩子都知道。

　　　■ あんな人、もう声さえ聞きたくない。

那種人，我已經連聲音都不想聽。

13 ～まで

意義	連～；到～（表強調）
連接	【名詞】＋まで
例句	■ そこまでする必要はない。

不需要做到那個地步。

　　　■ お母さんまで怒り始めました。

連媽媽都開始生氣了。

14 〜とか〜とか

意義　〜啦、〜啦（表列舉）

連接　【常體】＋とか（名詞省略「だ」）

例句　■ 毎日掃除とか洗濯とかに追われて、ゆっくり本を読む暇が
ない。

　　　　每天忙著打掃啦、洗衣啦，沒時間好好看書。

　　■ 時々散歩するとか運動するとかしたほうがいいですよ。

　　　　偶爾要散散步、做做運動比較好喔！

15 〜など / 〜なんか / 〜なんて

意義　〜等等；〜之類的

連接　【名詞】＋など・なんか・なんて

例句　■ 忙しくて、新聞など読む暇もない。

　　　　忙得連報紙都沒空看。

　　■ カラオケなんか行きたくない。

　　　　卡拉OK之類的，我不想去。

16 〜くらい / 〜ぐらい

意義　①表程度（同句型 18 「〜ほど（1）」）

　　　　②〜之類的（表輕視）

連接　【動詞辭書形・イ形容詞・名詞・ナ形容詞】＋くらい・ぐらい

例句　■ レポートが多すぎて、泣きたいくらいです。

　　　　報告多到想哭。

　　■ 自分の部屋ぐらい自分で掃除しなさい。

　　　　不就是自己的房間，自己打掃！

單字整理｜實力測驗｜解答解析

第一單元　言語知識（文字・語彙）

文法分析｜實力測驗｜解答解析｜閱讀解析｜實力測驗｜解答解析｜題型整理｜實力測驗｜解答解析

第二單元　言語知識（文法）

第三單元　讀解

第四單元　聽解

17 〜くらい〜ない / 〜ほど〜ない

意義 沒有像〜那樣

連接 【名詞修飾形】＋くらい・ほど＋〜ない

例句 ■ 彼女くらい美しい人はいません。

　　　沒有像她那麼漂亮的人了。

　　■ ここほど雪の降るところはありません。

　　　沒有地方雪下得有這裡多。

18 〜ほど（1）

意義 表程度（同句型 16「〜くらい／〜ぐらい」之①）

連接 【動詞辭書形・動詞ない形・イ形容詞・名詞・ナ形容詞＋な】
＋ほど

例句 ■ 足が痛くて、もう一歩も歩けないほどだ。

　　　腳痛得連一步都沒辦法再走了。

　　■ サッカーほどおもしろいスポーツはない。

　　　沒有比足球更有趣的運動了。

19 〜ほど（2）

意義 愈〜愈〜（句型 38「〜ば〜ほど」之省略說法）

連接 【動詞辭書形・イ形容詞・名詞・ナ形容詞＋な】＋ほど

例句 ■ 考えるほどわからなくなる。

　　　愈想愈不懂。

　　■ よく勉強する学生ほど成績がいいです。

　　　愈用功的學生成績愈好。

三 複合助詞 ◎MP3-60

20 ～として

意義 作為～；以～身分

連接 【名詞】＋として

例句 ■ 留学生として、日本に来ました。

以留學生身分，來到了日本。

■ 彼をお客様として、きちんともてなす。

把他當客人好好地款待。

21 ～を～として

意義 把～當作～；以～為～

連接 【名詞】＋を＋【名詞】＋として

例句 ■ 日本政治の研究を目的として、留学した。

以研究日本政治為目的而留學。

■ 日本語能力試験の合格を目標として、頑張っている。

以日語能力測驗合格為目標努力著。

22 ～とみえて

意義 看起來～；好像～

連接 【常體】＋とみえて

例句 ■ 田中さんは病気だとみえて、3日間も休んでいる。

田中先生好像生病了，有三天沒來了。

■ 隣の授業は楽しいとみえて、よく笑い声が聞こえてくる。

隔壁的課好像很有趣，常常傳來笑聲。

23 〜に関して

意義 關於〜

連接 【名詞】＋に関して

例句
■ 事故の原因に関して、ただ今調査中です。

關於事故的原因，目前正在調查。

■ そのことに関しては興味がない。

關於那件事，我沒興趣。

24 〜に対して

意義
①對於〜（表示對人的態度）

②相對於〜（表示對比）

連接 【名詞】＋に対して

例句
■ 彼女は誰に対しても礼儀正しい。

她不管對誰都很有禮貌。

■ この品は値段に対して、質が悪い。

這項商品相較於價格，品質不好。

25 〜について

意義 關於〜（同句型 23 「〜に関して」，但稍微口語一些）

連接 【名詞】＋について

例句
■ あの人の私生活について、私は何も知りません。

關於那個人的私生活，我什麼都不知道。

■ 将来について、両親と真剣に語り合った。

關於將來，和父母親認真地談論了。

123

◎MP3-61

26 〜にとって

意義 對於〜

連接 【名詞】＋にとって

例句
■ 空気は生物にとって、なくてはならないものです。

空氣對於生物，是不可或缺的東西。

■ それは初心者にとって、簡単にできるものではない。

那個對初學者來說，不是簡單能辦到的。

27 〜によって

意義 ①以〜（表示方法、手段）

②依〜而〜（表示各有不同）

③由於〜（表示原因）

④表示無生物主語被動句之動作者

連接 【名詞】＋によって

例句
■ あの問題は話し合いによって、解決した。

那個問題以協商解決了。

■ 年によって、年間の総雨量が異なる。

每一年年總雨量都不同。

■ 不注意によって、火事が起こった。

由於疏忽發生了火災。

■ 『風の歌を聴け』は村上春樹によって書かれた。

《聽風的歌》是由村上春樹所寫的。

28　～によると

意義　根據～（表示傳聞的消息來源）

連接　【名詞】＋によると

例句　■ 天気予報によると、明日は晴れるそうだ。
てん き よ ほう　　　　　　　あした　は

根據氣象報告，聽說明天會放晴。

■ 友達の手紙によると、先生が亡くなったそうだ。
とも だち　て がみ　　　　　　せん せい　な

據朋友的來信，聽說老師過世了。

29　～はもちろん

意義　～當然；～不用說

連接　【名詞】＋はもちろん

例句　■ 小学生はもちろん、大学生も漫画を読む。
しょうがく せい　　　　　　だい がく せい　まん が　よ

小學生不用講，連大學生都看漫畫。

■ 彼は英語はもちろん、ドイツ語も話せる。
かれ　えい ご　　　　　　　　　　ご　はな

他英文不用講，連德文都會說。

四 接續用法 ○MP3-62

30 〜とおりに / 〜どおりに

意義 如同〜；依照〜

連接 【動詞辭書形・た形・名詞の】＋とおりに 【名詞】＋どおりに

例句 ■ 先生のおっしゃったとおりにやってみましょう。

照著老師所說的做做看吧！

■ 説明書どおりに組み立ててください。

請依照說明書組裝。

31 たとえ〜ても

意義 即使〜也〜

連接 たとえ〜＋【て形】＋も

例句 ■ たとえ台風が来ても、仕事は休めません。

就算颱風來了，工作也無法休息。

■ たとえ苦しくても、最後まで頑張ろう。

再怎麼苦，都堅持到最後吧！

32 〜おかげで

意義 因為〜；歸功於〜（表正面的原因理由）

連接 【名詞修飾形】＋おかげで

例句 ■ 警察が早く来てくれたおかげで、助かった。

多虧警察及早趕來，才得救了。

■ 先生のおかげで、日本に来られた。

託老師的福，能夠來到日本。

33 ～せいで／～せいだ／～せいか

意義 因為～；～害的（表負面的原因理由）

連接 【名詞修飾形】＋せいで・せいだ・せいか

例句
- 食べすぎたせいで、おなかを壊してしまった。

  因為吃太多，才弄壞了肚子。

- お酒をたくさん飲んだせいか、声が大きくなった。

  因為喝多了酒吧，聲音變得很大聲。

34 ～ずに

意義 不～；沒～（「～ないで」之古語用法）

連接 【動詞ない形（～ない）】＋ずに（例外：する→せずに）

例句
- 今日はかばんを持たずに家を出ました。

  今天沒拿皮包就出門了。

- 失敗を気にせずに、仕事しなさい。

  不要在意失敗，工作吧！

35 ～うちに（1）

意義 在～期間

連接 【動詞て形】＊＋いる＋うちに

例句
- 本を読んでいるうちに、いつのまにか眠ってしまった。

  看著書，不知不覺就睡著了。

- 練習しているうちに、上手になりました。

  每天練習之中，變厲害了。

◎MP3-63

36 ～うちに（2）

意義 趁著～時

連接 【名詞修飾形】＋うちに

例句
■ 祖父が元気なうちに、会いに行きます。

　　趁著祖父還健康，要去看他。

■ 日の暮れないうちに帰ろう。

　　趁著天還沒黑回家吧！

37 ～たび（に）

意義 每當～

連接 【動詞辭書形・名詞＋の】＋たび（に）

例句
■ この写真を見るたびに、幼い日のことを思い出す。

　　每當看到這張照片，就會想起小時候。

■ 父は出張のたびに、おもちゃを買ってきてくれる。

　　父親每次出差就會買禮物回來給我。

38 ～ば～ほど

意義 愈～愈～

連接 【假定形】＋【辭書形】＋ほど

例句
■ この本は読めば読むほどおもしろいです。

　　這本書愈看愈有趣。

■ カメラは操作が簡単なら簡単なほどいいです。

　　相機操作愈簡單愈好。

39 ～も～ば～も～ / ～も～なら～も～

意義 又～又～（表並列，同「～も～し、～も～」）

連接 【名詞】＋も＋【假定形】＋【名詞】＋も

例句 ■ あの人は踊りも上手なら歌も上手だ。

　那個人舞跳得棒、歌也唱得棒。

■ 彼女は小説も書けば詩も作る。

　她又寫小說又寫詩。

五 句尾用法 ◎MP3-64

40 〜ということだ

意義 ①據說〜（表傳聞）　②也就是〜（表換句話說）

連接 【常體】＋ということだ

例句 ■ 水道工事で夜まで断水するということだ。

聽說因為水管施工，會停水到晚上。

■ もうすぐ帰れるということだ。

聽說馬上能回去了。

41 〜というのは〜ことだ

意義 所謂的〜（用於解釋字詞）

連接 【各詞彙】＋というのは〜ことだ

例句 ■ メールというのは、手紙のことじゃなくてＥメールのことです。

所謂的「メール」，指的不是信，而是電子郵件。

■ パソコンというのは、パーソナルコンピューターのことです。

所謂的「PC」，指的是個人電腦。

42 〜とは〜ことだ

意義 所謂的〜（「〜というのは〜ことだ」的簡單說法）

連接 【單字】＋とは〜ことだ

例句 ■ 週刊誌とは毎週一回出る雑誌のことです。

所謂的週刊就是每個星期出刊一次的雜誌。

■ パソコンとはパーソナルコンピューターのことです。

所謂的「PC」，指的是個人電腦。

43 〜を〜と言う

意義 把〜叫做〜

連接 【名詞】＋を＋【名詞】＋と言う

例句
- お正月に食べる料理をおせち料理と言います。

  過年吃的菜稱為「おせち料理」。

- お正月に神社やお寺に行くことを初詣でと言います。

  過年去神社、寺廟稱為「初詣で」。

44 〜ように言う／〜ように頼む／〜ように注意する

意義 要〜；希望〜（命令句型之間接引用）

連接 【動詞辭書形・動詞ない形】＋ように＋言う・頼む・注意する

例句
- 医者は患者にタバコをやめるように注意しました。

  醫生警告患者要戒菸。

- 先生に来週までにレポートを出すように言われました。

  被老師要求下星期前要交報告。

45 〜れといわれた／〜なといわれた

意義 被要求要〜；被要求不要〜

連接 【動詞命令形・動詞禁止形】＋と＋いわれた・注意された・頼まれた

例句
- 明日は７時までに学校に来いといわれました。

  被要求明天七點前要到學校。

- 医者にタバコを吸うなといわれました。

  被醫生要求不要抽菸。

○MP3-65

46 〜てくれといわれた

意義 用於命令、請託句型之引用

連接 【動詞て形】＋くれ＋と＋いわれた・注意された・頼まれた

例句 ■ 友だちに先生のメールアドレスを教えてくれと頼まれました。

被朋友拜託告訴他老師的電子信箱。

■ 社長から辞めてくれと言われて、仕方なく会社を辞めました。

社長要我辭職，沒辦法，只好離開公司了。

47 〜って

意義 聽說〜（表引用、傳聞）

連接 【常體】＋って

例句 ■ 駅前に新しいデパートができたって。

聽說車站前開了一家新百貨公司。

■ あの人、結婚したんだって。

聽說那個人結婚了。

48 〜っけ

意義 是〜嗎；是〜吧（用於為了確認而詢問對方時）

連接 【常體】＋っけ

例句 ■ 今日は何日だっけ？

今天是幾號呀？

■ 彼の名前、何だっけ？

他的名字，叫什麼呀？

49 ～（ら）れる（自動詞被動）

意義 自動詞被動

連接 【被害者】＋は / が＋【加害者】＋に＋【被動動詞】

例句
- 電車の中で子どもに泣かれました。

  在電車上被小孩哭得吵死了。

- あの子は父に死なれて、かわいそうです。

  那孩子死了父親，很可憐。

50 ～（ら）れる（自發之被動）

意義 自發被動

連接 【事、物】＋は / が＋【被動動詞】

例句
- 入院した祖母のことが心配されます。

  不禁擔心起了住院的祖母。

- 日本語能力試験のことが案じられる。

  不禁擔心起了日文檢定。

51 ～（さ）せる（情感使役）

意義 讓～

連接 情感相關動詞→【動詞使役形】

例句
- 子どものとき、よくけんかして、弟を泣かせました。

  小時候，常常吵架弄哭弟弟。

- 仕事に失敗して、部長を怒らせました。

  工作失敗，讓部長生氣了。

○ MP3-66

52 ～（さ）せられる／～される（自發使役被動句）

意義 不禁～；不由得～；不自覺地～（表自發）

連接 【動詞】→【動詞使役形】→【動詞使役被動形】

例句 ■ あの映画を見て、ごみの問題について考えさせられました。

看了那部電影，不禁思考了關於垃圾問題。

■ 私はその映画に感動させられました。

對於那部電影，我不禁感到相當感動。

53 ～をいただけませんか

意義 我能不能拿～？（比「～をくださいませんか」更禮貌的說法）

連接 【名詞】＋をいただけませんか

例句 ■ この写真をいただけませんか。

我可以拿這張照片嗎？

■ このカタログをいただけませんか。

我可以索取這個目錄嗎？

54 ～ていただけませんか

意義 能不能請您～？（比「～てくださいませんか」更禮貌的說法）

連接 【動詞て形】＋いただけませんか

例句 ■ 写真を撮っていただけませんか。

能不能請您幫我拍張照？

■ 道を教えていただけませんか。

能不能請您告訴我路？

單字整理 實力測驗 解答解析 文法分析

第一單元 言語知識（文字・語彙）

第二單元 言語知識（文法）

實力測驗 解答解析 閱讀解析 實力測驗 解答解析 題型整理 實力測驗 解答解析

第三單元 讀解

第四單元 聽解

55 ～（さ）せていただけませんか

意義 能不能請您讓我～？

連接 【動詞使役形】→【動詞て形】＋いただけませんか

例句
- 写真を撮らせていただけませんか。

  能不能請您讓我拍張照？

- 熱があるので、帰らせていただけませんか。

  因為發燒，所以能不能請您讓我回家？

56 ～（よ）うとしない

意義 不想～（「～（よ）うとする」之否定說法）

連接 【動詞意向形】＋としない

例句
- 父は病気でも、病院に行こうとしません。

  爸爸就算生病，也不想要去醫院。

- キムさんはそれについて何も話そうとしません。

  關於那件事金先生什麼都不想要說。

57 ～つもりはない

意義 沒有～的打算（「～つもりだ」之強烈否定用法）

連接 【動詞辭書形】＋つもりはない

例句
- 新しい車を買うつもりはありません。

  沒有買新車的打算。

- 国へ帰るつもりはない。

  沒有回國的打算。

○ MP3-67

58 〜まい

意義 ①不會〜吧！（表推測）

②絕不〜（表說話者強烈的否定念頭）

連接 【動詞】→【動詞まい形】

例句 ■ 鈴木さんは今度の旅行に参加するまい。

鈴木先生不會參加這次的旅行吧！

■ あの人とはもう二度と会うまい。

絕不會和那個人再見面。

59 〜てはならない

意義 不可以〜（表禁止，同「〜てはいけない」）

連接 【動詞て形】＋はならない

例句 ■ 法律を犯してはならない。

不可以犯法！

■ このことは決して忘れてはならない。

這件事絕對不可以忘記！

60 〜ねばならない

意義 一定要〜；不得不〜（表義務，「〜なければならない」的口語說法）

連接 【動詞ない形（〜ない）】＋ねばならない

例句 ■ 今日中に帰らねばならない。

一定要在今天之內回去。

■ 言わねばならないときは、はっきり言ったほうがいい。

不得不說的時候，要說清楚比較好。

61 ～なきゃ

意義 一定要～

（義務句型「～なければならない / ～なければいけない」的短縮形）

連接 【動詞ない形（～な~~い~~）】＋きゃ

例句 ■ 早く食べなきゃ。

一定要快點吃。

■ すぐ出かけなきゃ。

一定要立刻出門。

62 ～なくちゃ

意義 一定要～

（義務句型「～なくてはいけない / ～なくてはならない」的短縮形）

連接 【動詞ない形（～な~~い~~）】＋くちゃ

例句 ■ 早く食べなくちゃ。

一定要快點吃。

■ すぐ出かけなくちゃ。

一定要立刻出門。

○MP3-68

63　〜とく

意義　先〜（「〜ておく」的短縮形）

連接　【動詞て形（〜そ）】＋とく（「〜で」變成「〜どく」）

例句　■ 電話番号をノートに書いとこう。

　　　先把電話號碼寫在筆記本上吧！

　　　■ 資料は読んどいた。

　　　資料先看過了。

64　〜ないでおく

意義　先不要〜（「〜ておく」之否定說法）

連接　【動詞ない形】＋でおく

例句　■ このことは、母に言わないでおこう。

　　　這件事先不要跟媽媽說吧！

　　　■ クーラーは消さないでおきましょう。

　　　冷氣先不要關吧！

65　〜てほしい

意義　希望〜（表說話者希望對方做某件事）

連接　【動詞て形】＋ほしい

例句　■ まじめに勉強してほしいです。

　　　希望你認真讀書。

　　　■ スケジュールが決まったら、すぐ知らせてほしいです。

　　　行程確定的話，希望立刻通知我。

66 〜ないでほしい

意義 希望不要〜（「〜てほしい」的否定用法）

連接 【動詞ない形】＋でほしい

例句 ■ 私が言ったことは言わないでほしい。

我說的事情，希望你不要說出去。

■ 車を家の前に止めないでほしいです。

希望不要把車子停在房子前面。

67 〜てみせる

意義 〜給你看

連接 【動詞て形】＋みせる

例句 ■ 合格してみせます。

（我）會考上給你看！

■ 今度は必ず勝ってみせる。

這一次一定贏給你看！

68 〜てごらん

意義 試著〜！（「〜てみる」之命令用法，比「〜てみろ」有禮貌）

連接 【動詞て形】＋ごらん（なさい）

例句 ■ もう一度言ってごらん。

再說一次看看！

■ これ、食べてごらん。

這個，吃吃看！

○ MP3-69

69 ～ちゃう / ～じゃう

| 意義 | ～完了（「～てしまう」之短縮形） |

| 連接 | 【動詞て形（～て）】＋ちゃう・じゃう |

| 例句 | ■ バスが行っちゃった。 |

公車跑掉了。

■ レストランに傘を忘れちゃった。

把傘忘在餐廳裡了。

70 ～みたい

| 意義 | 好像～ |

（表推測或比喻，「～よう」口語之說法）

| 連接 | 【名詞修飾形】＋みたい（名詞、ナ形容詞可直接加「みたい」） |

| 例句 | ■ 電気が消えていますから、太郎は寝ているみたいです。 |

燈關著，所以太郎好像已經睡了。

■ あそこにお寺みたいな建物がある。

那裡有一間像佛寺的建築物。

71 ～そうもない

| 意義 | 看起來不～；一點也沒～（「～そう」之否定說法） |

| 連接 | 【動詞ます形・イ形容詞（～い）・ナ形容詞】＋そうもない |

| 例句 | ■ この雨は止みそうもありません。 |

這場雨看起來不會停。

■ 会議はまだ始まりそうもない。

會議看起來一點都沒有要開始的樣子。

72 　**〜はずだった**

| 意義 | 本來應該〜；原本應該〜（「〜はずだ」之過去式用法） |

| 連接 | 【名詞修飾形】＋はずだった |

| 例句 | ■ キムさんが来るはずでしたが、病気で急に来られなくなったそうです。 |

　　　金先生本來應該會來，但是聽說突然生病所以無法前來。

■ 10時に着くはずでしたが、渋滞で遅刻しました。

　　　本來應該十點要到，但是因為塞車遲到了。

73 　**〜べきだ**

| 意義 | 應該〜（表示強烈的意見） |

| 連接 | 【動詞辭書形】＋べき |

| 例句 | ■ 借りたお金は返すべきだ。 |

　　　借錢應該要還。

■ 君は彼女に謝るべきだ。

　　　你應該跟她道歉。

74 　**お〜です**

| 意義 | 「〜ます」、「〜ています」、「〜ました」之尊敬語 |

| 連接 | お＋【動詞ます形】＋です |

| 例句 | ■ お子さんはいつお生まれですか。 |

　　　您的孩子何時出生呢？（生まれます → お生まれです）

■ 社長、お客様がお待ちです。

　　　社長，客人在等著。（待っています → お待ちです）

■ お客様がお着きです。

　　　客人來了。（着きました → お着きです）

六 形式名詞 ◎MP3-70

75 ～こと

意義 ～事情（用於子句名詞化）

連接 【名詞修飾形】＋こと

例句
- 木村さんが帰国したことを知っていますか。

  你知道木村先生回國了這件事嗎？

- 病気で授業に出られないことを先生に伝えてください。

  請轉告老師我因生病而無法上課。

76 ～ことにしている

意義 習慣～；都～

連接 【名詞修飾形】＋ことにしている

例句
- 毎朝、泳ぐことにしています。

  我習慣每天早上都游泳。

- 毎晩、10時前に寝ることにしています。

  我習慣每天晚上十點前睡。

77 ～ことになっている

意義 表示規定、固定、確定的事情

連接 【名詞修飾形】＋ことになっている

例句
- 日本語の授業は1週間に3時間行われることになっている。

  日文課一個星期固定上三個小時。

- 私たちは1時に出発することになっている。

  我們約定一點出發。

78 ～の

意義 用於子句名詞化

連接 【名詞修飾形】＋の（名詞・ナ形容詞之後要接「な」）

例句 ■ 台風が来るから、山に行くのをやめました。

因為颱風要來，所以不去爬山了。

■ 映画を見るのが好きです。

我喜歡看電影。

實力測驗

問題Ⅰ　つぎの文の（　　　）に入れるのに最もよいものを 1・2・
3・4 から一つえらびなさい。

（　）① わたしが先生にしかられたのは、あなたの（　　　）。

1 らしい　　　2 せいだ　　　3 だろう　　　4 かもしれない

（　）② 私のほう（　　　）、お世話になりました。

1 さえ　　　　2 こそ　　　　3 なんか　　　　4 とか

（　）③ きのうは足が痛くなる（　　　）歩きました。

1 うちに　　　2 ほど　　　　3 みたい　　　　4 べき

（　）④ きのう課長に何杯も（　　　）、きょうは頭が痛い。

1 飲ませて　　2 飲まされて　3 飲まれて　　4 飲んで

（　）⑤ 人間は努力すること（　　　）、成長するのだ。

1 にとって　　2 に対して　　3 について　　4 によって

（　）⑥ わがチームはこの試合に（　　　）。

1 勝てようとしない　　　　　2 勝てるつもりはない
3 勝てそうもない　　　　　　4 勝てられない

（　）⑦ 入学試験（　　　）お問い合わせはこちらにどうぞ。

1 に関する　　2 について　　3 として　　　4 はもちろん

（　）⑧ 昔の写真を見ている（　　　）、気づいたことがある。

1 うちに　　　2 場合　　　　3 とたん　　　4 うえで

（　）⑨ たとえお金が（　　　）、あんなものは買いたくない。

1 あれば　　　2 あっても　　3 あったら　　4 あるなら

（　）⑩ 新聞によると、その台風は沖縄に接近している（　　　　）。

    1 ということだ　　　　　　2 ことにしている
    3 ようになった　　　　　　4 べきだ

第一單元　言語知識（文字・語彙）
單字整理　實力測驗　解答解析

第二單元　言語知識（文法）
文法分析　實力測驗　解答解析

第三單元　讀解
閱讀解析　實力測驗　解答解析

第四單元　聽解
題型整理　實力測驗　解答解析

問題Ⅱ つぎの文の___★___に入る最もよいものを1・2・3・4から一つえらびなさい。

（　）⑪ 動物好きの田中さんは、_____　_____　___★___　_____
いる。

    1 かわいがって　　　　　　　2 もちろん

    3 鳥や魚も　　　　　　　　　4 犬や猫は

（　）⑫ この地区では、燃えないごみは_____　_____　___★___
_____いる。

    1 火曜日に　　2 なって　　3 集める　　4 ことに

（　）⑬ この問題は複雑すぎて、考えれば_____　_____　___★___
_____。

    1 ほど　　　　2 考える　　3 なる　　　4 わからなく

（　）⑭ 私たちは何をする_____　_____　___★___　_____。

    1 言われた　　2 っけ　　3 ように　　4 のだ

（　）⑮ あの子は_____　_____　___★___　_____。

    1 あやまろう　　　　　　　　2 しかられても

    3 としない　　　　　　　　　4 決して

| 問題Ⅲ | つぎの文章を読んで、（ ⑯ ）から（ ⑳ ）の中に入る最もよいものを１・２・３・４から一つえらびなさい。 |

　時間の概念（ ⑯ ）冗談がある。それは８時からの予定を通知する際、ドイツ人であれば「８時ちょうど」と通知すれば良いが、スペイン人には「７時40分」と（ ⑰ ）。そして日本人には「８時５分」に集合と通知すれば良い。これは日本人からすれば、集合時間は「５分前」が当たり前という（ ⑱ ）なのだ。

　日本人（ ⑲ ）は５分前行動のために、早めに到着しているのは構わないが、（ ⑳ ）のも「ルール違反」で、やはり「時間を守れない」行為になるのである。

（　）⑯　１ はもちろん　　２ として　　　３ による　　　４ に関する

（　）⑰　１ 通知しなければならない　　　２ 通知することができます
　　　　　３ 通知しても良い　　　　　　　４ 通知しないでください

（　）⑱　１ こと　　　　２ ひと　　　　３ とき　　　４ ところ

（　）⑲　１ として　　　２ にとって　　３ について　　４ に対して

（　）⑳　１ 早い　　　　２ 早すぎる　　３ 遅い　　　４ 遅すぎる

解答

問題 I				
① 2	② 2	③ 2	④ 2	⑤ 4
⑥ 3	⑦ 1	⑧ 1	⑨ 2	⑩ 1

問題 II				
⑪ 3	⑫ 4	⑬ 4	⑭ 4	⑮ 1

問題 III				
⑯ 4	⑰ 1	⑱ 1	⑲ 2	⑳ 2

中文翻譯及解析

| 問題 1 | つぎの文の（　　　）に入れるのに最もよいものを 1・2・3・4 から一つえらびなさい。（請從 1・2・3・4 裡面，選出一個放進下列句子的括弧中最好的答案。） |

（　）① わたしが先生にしかられたのは、あなたの（　　　）。

　　　1 らしい　　　<u>2 せいだ</u>　　　3 だろう　　　4 かもしれない

中譯 我被老師罵都是你害的。

解析 選項1「らしい」是客觀推測，意思會成為「好像是你的」；選項2「せいだ」是不好的原因，意思構成「是因為你」、「是你害的」；選項3「だろう」是主觀推測，意思會成為「是你的吧」；選項4「かもしれない」也是主觀推測，意思會成為「說不定是你的」。從前面的「先生にしかられた」（被老師罵）來判斷，正確答案為選項2。

（　）② 私のほう（　　　）、お世話になりました。

　　　1 さえ　　　<u>2 こそ</u>　　　3 なんか　　　4 とか

中譯 我才受您照顧呢！

解析 本題測驗副助詞，選項1「さえ」是「連～」；選項2「こそ」是「～才」；選項3「なんか」是「等等」、「之類的」；選項4「とか」用來列舉。最適合的答案為選項2。

（　）③ きのうは足が痛くなる（　　　　）歩きました。

　　　1 うちに　　　2 ほど　　　　3 みたい　　　4 べき

中譯 昨天走路走到腳都痛了。

解析 選項1「うちに」有「趁著～」、「在～的時候」的意思；選項2「ほど」用來表示程度；選項3「みたい」可用於「推測」、也可用來「比喻」；選項4「べき」表示說話者強烈的意見，常翻譯為「應該要～」。從空格前後的關係判斷，正確答案為選項2。

（　）④ きのう課長に何杯も（　　　　）、きょうは頭が痛い。

　　　1 飲ませて　　　　　　　　2 飲まされて
　　　3 飲まれて　　　　　　　　4 飲んで

中譯 昨天被課長灌了好幾杯酒，今天頭很痛。

解析 本題測驗動詞變化構成的句型，「飲む」的被動形是「飲まれる」、使役形是「飲ませる」、使役被動是「飲まされる」。從「課長」後面的「に」可知句子的主詞為說話者自己，因此「頭が痛い」的是自己。既然如此，不可能使用使役形，會變成「要課長喝酒」；不可能使用被動形，會變成「被課長喝了酒」。但也不能使用「飲む」構成主動句，因為「課長に」這個結構就沒有用處了。因此要使用表示「被逼」、「受迫」的使役被動，正確答案為選項2。

（　）⑤ 人間は努力すること（　　　　）、成長するのだ。

　　　1 にとって　　2 に対して　　3 について　　4 によって

中譯 人是會依努力而成長的。

解析 本題測驗複合助詞，選項1「にとって」是「對～來說」；選項2「に対して」是「對於～」、「相對於～」；選項3「について」是「關於～」；選項4「によって」是「由於～」、「依～」。正確答案為選項4。

（　　）⑥ わがチームはこの試合に（　　　　）。

1 勝てようとしない　　　　　2 勝てるつもりはない

3 勝てそうもない　　　　　　4 勝てられない

中譯 看來我隊無法贏得這場比賽。

解析 句型「〜ようとしない」是「不想要〜」；句型「〜つもりはない」是「不打算〜」；句型「〜そうもない」是「看起來不〜」。這三個句型套入前三個選項之後，看起來好像都可以，但關鍵在於動詞「勝てる」（能夠贏）已經是可能動詞，而不是單純的「勝つ」（贏）。因此前兩個用法都不恰當，一個是「不想要能夠贏」、一個是「不打算能夠贏」。此外，選項4「勝てられない」裡的「〜られない」看似可能動詞的否定用法，但是「勝てる」已經是可能形，不能再加上另外一個可能形語尾。正確答案為選項3。

（　　）⑦ 入学試験（　　　　）お問い合わせはこちらにどうぞ。

1 に関する　　2 について　　3 として　　　4 はもちろん

中譯 關於入學考試的詢問請到這邊來。

解析 本題測驗複合助詞，選項1「に関する」是「關於〜」；選項2「について」是「關於〜」；選項3「として」是「做為〜」；選項4「はもちろん」是「不用說〜甚至〜」。前兩個選項看似相同，但是選項1不是「に関して」，而是「に関する」，此時的語尾可以修飾後面的名詞；選項2「について」則要加上「の」才能修飾後面的名詞。正確答案為選項1。

（　）⑧ 昔の写真を見ている（　　　　）、気づいたことがある。

　　　1 うちに　　　2 場合　　　3 とたん　　　4 うえで

中譯 看著過去的照片，注意到了一件事。

解析 選項1「うちに」是「趁著」、「在～的時候」；選項2「場合」是「～狀況」；選項3「とたん」是「一～就～」；選項4「うえで」是「之後～」。四個選項中，選項1、選項3意思都合理，但是「～とたん」前面應該接動詞た形，所以要排除；「～うちに」如果用來表示「在～的時候」，前面的動詞會是「～ている」。正確答案為選項1。

（　）⑨ たとえお金が（　　　　）、あんなものは買いたくない。

　　　1 あれば　　　2 あっても　　3 あったら　　4 あるなら

中譯 就算有錢，那種東西我也不想買。

解析 本題看似測驗「～ば」、「～たら」、「～なら」、「～ても」這四個假定相關用法，不過題目句一開始就出現了「たとえ」，後面只有可能加上表示逆態假定的「～ても」。正確答案為選項2。

（　）⑩ 新聞によると、その台風は沖縄に接近している（　　　　）。

　　　1 ということだ　　　　　　2 ことにしている

　　　3 ようになった　　　　　　4 べきだ

中譯 根據報紙報導，聽說那個颱風正在接近沖繩。

解析 句型「～ということだ」表示傳聞；句型「～ことにする」表示「決定」；句型「～ようになる」表示動作變化；句型「～べきだ」表示說話者強烈的意見。從句子前面出現的表示消息來源的「～によると」可判斷，正確答案為選項1。

もんだい　問題 II つぎの文の＿＿★＿＿に入る最もよいものを１・２・３・４から一つえらびなさい。（請從１・２・３・４裡面，選出一個放進下列句子的＿＿★＿＿中最好的答案。）

（　）⑪ 動物好きの田中さんは、＿＿＿＿　＿＿＿＿　＿★＿　＿＿＿＿いる。

　　　１ かわいがって　　　　　　　２ もちろん
　　　３ 鳥や魚も　　　　　　　　　４ 犬や猫は

中譯　喜歡動物的田中小姐，不要說是小狗、小貓，也很疼愛小鳥和魚。

解析　句尾有「～いる」，前面應該接的就是選項1「かわいがって」。選項4「犬や猫は」後面加上選項2「もちろん」就能構成「～はもちろん」（～不用說，甚至～）這個句型。選項3「鳥や魚も」裡面有「も」，也很適合放在「～はもちろん」這個句型之後。四個選項依序應為4231，正確答案為選項3，構成的句子是「動物好きの田中さんは、犬や猫はもちろん鳥や魚もかわいがっている」。

（　）⑫ この地区では、燃えないごみは＿＿＿＿　＿＿＿＿　＿★＿　＿＿＿＿いる。

　　　１ 火曜日に　　２ なって　　　３ 集める　　　４ ことに

中譯　這個地區不可燃垃圾是星期二收。

解析　句尾有「いる」，前面應該接的是選項2「なって」。選項3「集める」是辭書形，後面應該接名詞，適合的是選項4「ことに」，如此就能構成表示「規定」的句型「～ことになっている」。剩下的時間副詞選項1「火曜日に」則放第一格修飾動詞「集める」。四個選項依序應為1342，正確答案為選項4，構成的句子是「この地区では、燃えないごみは火曜日に集めることになっている」。

（　）⑬ この問題は複雑すぎて、考えれば_____ _____ _____★

_____。

1 ほど　　　　2 考える　　　3 なる　　　4 わからなく

中譯　這個問題太複雜，愈想愈不懂。

解析　「考えれば」後面如果依序加上選項2「考える」、選項1「ほど」，就能
構成表示「愈～愈～」的句型「假定形＋辭書形＋ほど」。剩下的兩格，
則將表示變化的動詞選項3「なる」放最後，前面加上選項4「わからな
く」才合理。四個選項依序應為2143，正確答案為選項4，構成的句子是
「この問題は複雑すぎて、考えれば考えるほどわからなくなる」。

（　）⑭ 私たちは何をする_____ _____ _____★ _____。

1 言われた　　2 っけ　　　3 ように　　　4 のだ

中譯　剛剛是要我們做什麼？

解析　選項1「言われた」、選項2「っけ」、選項4「のだ」都能獨立放在句尾，
不過句尾只有一個，最適當的應該是可以用來「確認」的「～っけ」。選
項4「のだ」表示「說明」，可放在選項1「言われた」之後，選項3「よ
うに」則放在「言われた」之前表示間接引用的內容。四個選項依序應為
3142，正確答案為選項4，構成的句子是「私たちは何をするように言わ
れたのだっけ」。

（　）⑮ あの子は＿＿＿＿ ＿＿＿＿ ＿★＿ ＿＿＿＿。

1 あやまろう 　　　　　　2 しかられても

3 としない 　　　　　　　4 決して

中譯 那孩子就算被罵也絕對不想要道歉。

解析 選項1「あやまろう」是意向形，後面適合加上選項3「としない」，構成句型「〜(よ)うとしない」（不想要〜）。前面則加上選項4「決して」和語尾的「〜ない」呼應，構成「決不〜」。剩下的第一格則填入選項2「しかられても」，構成「就算〜也〜」。四個選項依序應為2413，正確答案為選項1，構成的句子是「あの子はしかられても決してあやまろうとしない」。

問題 III

つぎの文章を読んで、（ ⑯ ）から（ ⑳ ）の中に入る最もよいものを 1・2・3・4 から一つえらびなさい。（請在閱讀下列文章後，從 1・2・3・4 裡面，選出一個放進（ ⑯ ）到（ ⑳ ）最好的答案。）

時間の概念（ ⑯に関する ）冗談がある。それは 8 時からの予定を通知する際、ドイツ人であれば「8 時ちょうど」と通知すれば良いが、スペイン人には「7 時 40 分」と（ ⑰通知しなければならない ）。そして日本人には「8 時 5 分」に集合と通知すれば良い。これは日本人からすれば、集合時間は「5 分前」が当たり前という（ ⑱こと ）なのだ。

日本人（ ⑲にとって ）は 5 分前行動のために、早めに到着しているのは構わないが、（ ⑳早すぎる ）のも「ルール違反」で、やはり「時間を守れない」行為になるのである。

中譯

　　有個關於時間觀念的笑話。那就是要通知八點開始的行程時，如果是德國人，通知他「八點整」就好了，不過對西班牙人，就一定要通知他「七點四十分」。然後對日本人就通知八點五分集合就好了。這是因為以日本人來說，集合時間提早五分鐘到是理所當然的。

　　對日本人來說，為了五分鐘前行動，提早一點到達是沒關係，但是太早到也是違規，還是會成為「不守時」的行為。

( ) ⑯ 1 はもちろん　　2 として　　　　3 による　　　　4 に関^{かん}する

解析　選項1「はもちろん」是「～不用說，甚至～」；選項2「として」是「做
　　　為～」；選項3「による」是「由於～」、「依～」；選項4「に関^{かん}する」
　　　是「關於～」。從前面的「時間の概念^{じかん　　がいねん}」和後面的「冗談^{じょうだん}」來判斷，正確
　　　答案為選項4。

( ) ⑰ 1 通知^{つうち}しなければならない
　　　　2 通知^{つうち}することができます
　　　　3 通知^{つうち}しても良^よい
　　　　4 通知^{つうち}しないでください

解析　選項1「通知^{つうち}しなければならない」是義務句型，意思為「一定要通
　　　知」；選項2「通知^{つうち}することができます」是能力句型，意思為「能夠通
　　　知」；選項3「通知^{つうち}しても良^よい」是許可句型，意思是「可以通知」；選
　　　項4「通知^{つうち}しないでください」是請託句型，意思是「請不要通知」。符
　　　合前文內容的是選項1。

( ) ⑱ 1 こと　　　　　2 ひと　　　　3 とき　　　　4 ところ

解析　選項1「こと」是「事情」；選項2「ひと」是「人」；選項3「とき」是
　　　「時候」；選項4「ところ」是「地點」。這裡應該用來表達「解釋」、
　　　「換句話說」，所以應該構成「～ということだ」這個句型才恰當，正確
　　　答案為選項1。

（　）⑲ 1 として　　　　2 にとって　　　3 について　　　4 に対して

解析　選項1「として」是「做為～」；選項2「にとって」是「對於～來說」；
　　　選項3「について」是「關於～」；選項4「に対して」是「對於～」、
　　　「相對於～」。從本句內容來判斷，正確答案應為選項2。

（　）⑳ 1 早い　　　　　2 早すぎる　　　3 遅い　　　　　4 遅すぎる

解析　選項1「早い」是「早的」；選項2「早すぎる」是「太早」；選項3「遅
　　　い」是「晚的」；選項4「遅すぎる」是「太晚」。從這句話的前半部可
　　　得知，「早點到」不成問題，會成為問題的，應該是「太早到」，正確答
　　　案為選項2。

讀　解

讀解準備要領

　　N3的「讀解」一科分為四大題，第一大題為短篇閱讀測驗，會有四篇各約200字的文章；第二大題為中篇閱讀測驗，會有兩篇各約350字的文章；第三大題為長篇閱讀測驗，會有一篇約500字的文章；第四大題為情報檢索，約600字。前三大題閱讀測驗的部分都是屬於「內容理解」題型，也就是都是要求考生全文精讀的基本閱讀測驗形式；最後一大題資訊檢索通常出現的是一份傳單、手冊、報名表等內容，考生再從中找出需要的資訊即可，只要部分略讀就好了。

　　閱讀測驗要怎麼準備呢？想想從小到大的經驗，我們通常會回答「多看文章」、「多看題目」。我不能說這是錯的，但這就像問別人「怎麼賺大錢呢？」，結果對方回答「好好工作」、「多加班」這種感覺。什麼感覺？有說等於沒說嘛！

　　先從國文科來想，國文老師會說「多看古文觀止」。為什麼呢？第一、文言文考題通常出自於古文觀止，所以多看的話「中獎」的機率會高一點；第二、中文是我們的母語，大腦的語言區中的偉尼克區已經具有基本分析中文能力，這個時候只要再透過大量閱讀加強訓練就好了。再從英文科來想，英文老師會說「多看空中英語教室」，結果呢？你會說：看不懂就是看不懂、看到了又不會考！我們會想盡辦法解釋空中英語教室無法增加英文閱讀能力，但是從不會想盡辦法增加自己的閱讀能力。

　　讓老師來說結論吧！前面提到語言區裡的偉尼克區，任何一個語言，只要我們學會了足夠的單字和文法，偉尼克區就會運作，讓我們理解。它就像是一台麵包機，而我們要提供它材料，也就是「語料」。而「言語知

識」，也就是文字、語彙、文法就是語料。但是即使麵包機相同，有的人做得好吃、有的人做起來普通，表示還是需要技巧，例如有沒有自己多揉幾下麵團、有沒有調整醒麵的時間，還是永遠只用一指神功。

　　日文閱讀能力如何精進？我們需要的材料除了基本的單字和文法，還需要長句分析的能力。因為基礎文法教我們一小句話，但要閱讀文章，必須從單句到複句、到長句，最後變成段落、篇章。長句分析怎麼學？一篇文章要看得滾瓜爛熟，看個五、六篇，夠了，N3絕對夠了。不相信嗎？看完再說！

文章閱讀解析

一　本文

　　むかしむかし、足柄山に金太郎という男の子とお母さんが住んでいました。お父さんは京都の武士で敵に捕らえられ殺されてしまいました。お母さんは、敵から逃れて、小さな金太郎を連れて山の奥に入りました。

　　「この子を夫のような一人前の武士にしなければなりません」

　　二人は洞窟の中に隠れて暮らしています。木の実や果物などを採ってきては金太郎に与えていました。必死に金太郎を育てました。

　　金太郎は元気な男の子になりました。森に住む動物と遊んだり、相撲をしたりして毎日を過ごしていました。

　　「クマさん、次は君の番だ。さあ、始めよう」

　　クマも金太郎には敵いません。相撲のあとは森の中での駆け比べです。シカとの競争です。木登りはサルに習いました。川では大きなコイが友達です。コイに乗ると川を下るのです。

　　雨の日は、洞窟の中で、ネズミやキツネやウサギたちとおしゃべりしています。金太郎は森の人気者です。

　　「どうか素晴らしい武士になりますように」金太郎を見ながら、お母さんは神に祈りました。

　　数年が過ぎ、春が来ました。ある日、金太郎は動物たちと隣りの山に探検に出かけました。大きなクマの背中に乗り、斧を肩に背負い、その後をネズミやサルやウサギやキツネやイノシシやシカがついていきます。

單字整理　實力測驗　解答解析

第一單元　言語知識（文字・語彙）

文法分析　實力測驗　解答解析

第二單元　言語知識（文法）

閱讀解析　實力測驗　解答解析

第三單元　讀解

題型整理　實力測驗　解答解析

第四單元　聽解

がけに来ると下を激流が流れています。

「流れが速くて川は渡れない」と金太郎は言いました。

「あの大きな木を倒して橋を作りましょう」と、クマは木を押しましたが、倒れません。押しても、葉っぱが揺れるだけです。

「よし、私がやってみよう」と金太郎は大きな木の前に立ち、力一杯押し始めました。すると、木が傾き、大きな音とともに倒れて、川の上にかかりました。みんな大喜びです。すると後ろから声がしました。

「ものすごい力だ」

そこには立派な武士とその家来が立っていました。

「私は源頼光と申すものです。私の家来になりませんか」

「私は武士になれるのですか」

「あなたならきっとすばらしい武士になれるでしょう」

金太郎はお母さんのところに帰ると、この話をしました。

「私は父親のような立派な武士になります」

別れるのはつらいけれども、お母さんの目からは喜びの涙が流れました。山を去るとき、お母さんだけでなく動物たちも金太郎をさびしそうに見送りました。

「お母さん、ありがとうございました。ご恩は決して忘れません。かならずお迎えに参ります」金太郎は何度も何度も手を振りました。

数年後、金太郎は坂田金時という武士になりました。ご主人の忠実な四人の家来に選ばれ、大江山に住む鬼も退治しました。

その後、京都に母親を迎え、幸せに暮らしました。

二 解析

第一段

　　むかしむかし、足柄山（あしがらやま）に金太郎（きんたろう）という男（おとこ）の子（こ）とお母（かあ）さんが住（す）んでいました。お父（とう）さんは京都（きょうと）の武士（ぶし）で敵（てき）に捕（と）らえられ殺（ころ）されてしまいました。お母（かあ）さんは、敵（てき）から逃（のが）れて、小（ちい）さな金太郎（きんたろう）を連（つ）れて山（やま）の奥（おく）に入（はい）りました。

　　「この子（こ）を夫（おっと）のような一人前（いちにんまえ）の武士（ぶし）にしなければなりません」

　　二人（ふたり）は洞窟（どうくつ）の中（なか）に隠（かく）れて暮（く）らしています。木（き）の実（み）や果物（くだもの）などを採（と）ってきては金太郎（きんたろう）に与（あた）えていました。必死（ひっし）に金太郎（きんたろう）を育（そだ）てました。

中譯

　　好久好久以前，足柄山上住著一個叫做金太郎的男孩和他的母親。父親是京都的武士，被敵人抓住、殺掉了。母親則是從敵人手裡逃出，帶著還小的金太郎到了深山裡。

　　「一定要把這孩子養成像先生一樣的獨當一面的武士。」

　　兩個人躲在洞窟裡生活。只要摘了樹木的果實和水果，就會給金太郎。拚命地養大了金太郎。

單字

捕（と）らえる：抓住　　一人前（いちにんまえ）：獨當一面　　隠（かく）れる：躲起來

句型

「～という」：引用句型之一，用於表達「叫做～」、「稱為～」時。

「～なければならない」：表示不得不、一定要。

第二段

金太郎は元気な男の子になりました。森に住む動物と遊んだり、相撲をしたりして毎日を過ごしていました。

「クマさん、次は君の番だ。さあ、始めよう」

クマも金太郎には敵いません。相撲のあとは森の中での駆け比べです。シカとの競争です。木登りはサルに習いました。川では大きなコイが友達です。コイに乗ると川を下るのです。

雨の日は、洞窟の中で、ネズミやキツネやウサギたちとおしゃべりしています。金太郎は森の人気者です。

「どうか素晴らしい武士になりますように」金太郎を見ながら、お母さんは神に祈りました。

中譯

金太郎成為了一個健康的男孩。和住在森林裡的動物一起玩、一起相撲，度過每一天。

「熊先生，接下來輪到你了。來，開始吧！」

熊也比不過金太郎。相撲之後就是在森林裡的賽跑。是和鹿的比賽。跟猴子學爬樹。河裡，大鯉魚是他的朋友。他會騎著鯉魚順流而下。

下雨天，都在洞窟裡和老鼠、狐狸還有兔子們聊天。金太郎是森林裡最受歡迎的人。

「希望他成為一個優秀的武士！」看著金太郎，母親向上天許願。

單字

敵う：比得上　　駆け比べ：賽跑

句型

「～たり～たりする」：表示動作舉例，中文可翻譯成「時而～時
而～」。

「～（敬體）ように」：表示許願、祈求，中文可翻譯成「希望～」。

第三段

> 　数年が過ぎ、春が来ました。ある日、金太郎は動物たちと隣りの山に探検に出かけました。大きなクマの背中に乗り、斧を肩に背負い、その後をネズミやサルやウサギやキツネやイノシシやシカがついていきます。
>
> 　がけに来ると下を激流が流れています。
>
> 　「流れが速くて川は渡れない」と金太郎は言いました。
>
> 　「あの大きな木を倒して橋を作りましょう」と、クマは木を押しましたが、倒れません。押しても、葉っぱが揺れるだけです。

中譯

　　幾年過去了，春天來了。有一天，金太郎和動物們要一起去隔壁的山上探險。金太郎騎在大熊的背上，肩膀上扛著斧頭，後面跟著老鼠、猴子、兔子、狐狸、山豬、和鹿。

　　來到懸崖，下面有急流通過。

　　「水流很快，沒辦法過河。」金太郎說。

　　「把那棵大樹弄倒來做橋吧！」熊推了樹，結果沒倒。再怎麼推，就只是樹葉搖晃而已。

單字

背負う：背　　　がけ：懸崖　　　葉っぱ：葉子

句型

「～ても」：逆態接續，表示「雖然～但是～」。

167

第四段

「よし、私がやってみよう」と金太郎は大きな木の前に立ち、力一杯押し始めました。すると、木が傾き、大きな音とともに倒れて、川の上にかかりました。みんな大喜びです。すると後ろから声がしました。

「ものすごい力だ」

そこには立派な武士とその家来が立っていました。

「私は 源 頼光と申すものです。私の家来になりませんか」

「私は武士になれるのですか」

「あなたならきっとすばらしい武士になれるでしょう」

中譯

「好，我來試試吧！」金太郎站在大樹前，使勁全力開始推。結果，樹傾斜了，隨著巨大的聲音倒了下來，就這樣架在河上。大家非常開心。結果後面傳來了聲音。

「真是神力呀！」

那裡站著一個儀表非凡的武士和他的家臣。

「我叫源賴光。要不要當我的家臣呢？」

「我也能當武士嗎？」

「如果是你的話，一定能成為一個很優秀的武士吧！」

單字

力一杯：用盡全力　　家来：家臣

句型

「すると」：接續詞，表示後件是進行前件時無法預測的事情，中文可翻譯成「結果」。

「〜とともに」：表示「和〜一起」、「隨著〜」。

「〜ませんか」：否定疑問語尾，用來表示「邀約」，中文可翻譯成「要不要〜呢」。

「〜なら」：表示前提，常翻譯為「如果是〜的話」。

第一單元 言語知識（文字・語彙）　單字整理　實力測驗　解答解析

第二單元 言語知識（文法）　文法分析　實力測驗　解答解析

第三單元 讀解　閱讀解析　實力測驗　解答解析

第四單元 聽解　題型整理　實力測驗　解答解析

第五段

金太郎はお母さんのところに帰ると、この話をしました。

「私は父親のような立派な武士になります」

別れるのはつらいけれども、お母さんの目からは喜びの涙が流れました。山を去るとき、お母さんだけでなく動物たちも金太郎をさびしそうに見送りました。

「お母さん、ありがとうございました。ご恩は決して忘れません。かならずお迎えに参ります」金太郎は何度も何度も手を振りました。

中譯

金太郎一回到母親身邊，就說了這件事。

「我要和父親一樣成為一個厲害的武士。」

離別雖然很難過，但是從母親的眼中，留下了喜悅的淚水。離開山裡的時候，不只母親，還有動物們，都落寞地目送著金太郎離開。

「媽媽，謝謝您。我絕對不會忘記您的恩情。我一定會來接您。」金太郎不斷地不斷地揮著手。

單字

去る：離開　　かならず：一定

句型

「～けれども」：逆態接續，表示「雖然～但是～」。

「～そう」：樣態句型，表示「看起來～」。

「決して～ません」：副詞句型，表示「絕不～」。

第六段

数年後、金太郎は坂田金時という武士になりました。ご主人の忠実な四人の家来に選ばれ、大江山に住む鬼も退治しました。

その後、京都にお母さんを迎え、幸せに暮らしました。

中譯

　　幾年後，金太郎成為一個叫做坂田金時的武士。被選為主公的四個忠誠的家臣之一，還打敗了住在大江山的妖怪。

　　之後，就把母親接到京都，幸福地生活著。

單字

鬼：妖怪　　退治：擊退

句型

「〜に選ばれる」：表示「被選為〜」。

171

實力測驗

問題 I

　　中村さんは、証券会社に勤めています。会社の仕事は8時半に始まりますから、毎朝7時に家を出て、駅まで15分歩きます。そして、東京駅で地下鉄に乗りかえます。

　　電車の中では経済新聞を読みます。株の値段は知っていますから見ません。いろいろな企業のニュースを読みます。たとえば、A会社が新製品を作ったとか、B会社が倒産したとか、C会社では大学卒業の女子社員をはじめて100人もとるとか、外国と日本の会社が新しい会社を一緒に作るなどです。政府や選挙のニュースもよく読みます。スポーツにも興味があって、ゴルフや野球などの記事を読みます。電車の中で、新聞をだいたい読みおえます。

　　午前中の仕事はいろいろとあります。会議もあるし、お客さまからの電話もあります。前の日に株の値段がとても高くなったり安くなったりしたときは、お客さまも電話も多いです。

　　毎日たいへん忙しいですが、日本のことも外国のこともよくわかるので、中村さんは「この仕事が好きだ」と言っています。

問1　中村さんはどうしてこの仕事が好きですか。

　　① 経済学などを勉強したからです。

　　② 毎日たいへん忙しいからです。

　　③ 毎日電車の中で気楽に新聞を読めるからです。

　　④ 日本のことだけでなく、外国のこともわかるからです。

問2　次の新聞記事の中で、中村さんがあまり読まないものはどれだと
　　　思いますか。

　　　① 野球のオープン戦で陽岱鋼がホームランを打った。

　　　② 最近、トヨタ自動車の株がだんだん高くなった。

　　　③ 外資系企業で働きたい女子学生が多くなった。

　　　④ 任天堂の新しいテレビゲームができた。

問題 II

　静香さんにはお兄さん、お姉さんそして妹さんが一人ずついます。前に静香さんから、お姉さんとは本当は血が繋がっていない、という話を聞いたときには、びっくりしました。私の家と比べると、静香さんの家はとても賑やかで、兄弟の仲もとてもいいからです。子供の数が減っている日本でこのような六人家族はめずらしいです。

　最近では遺伝子技術を駆使するDNA操作やクローン人間の問題に関心が寄せられています。静香さんの家族を見ていると、本当に大切なのは、血の繋がりやDNAの問題ではなく、家族一人一人の間にある感情だ、ということに気が付きました。

問3　この文章の筆者は家族で大切なのはどのようなことだと述べているか。

① DNAの問題

② 血の繋がり

③ 家族同士の感情

④ 兄弟の人数

問4　筆者がびっくりしたのはどのようなことか、最も適切なものを選びなさい。

① 静香さんの家が賑やかなこと。

② 静香さんの兄弟の仲がいいこと。

③ 静香さんの家族が多いこと。

④ 静香さんとお姉さんは血の繋がりがないこと。

問5　「私」の説明として適切なものを選びなさい。

① 私の家は静香さんの家ほど賑やかではない。

② 私は静香さんより弟と仲がいい。

③ 私は姉と血が繋がっていない。

④ 私の関心はDNA操作やクローン人間のできである。

第一單元 言語知識（文字・語彙）
單字整理｜實力測驗｜解答解析

文法分析｜實力測驗｜解答解析
第二單元 言語知識（文法）

閱讀解析｜實力測驗｜解答解析
第三單元 讀解

題型整理｜實力測驗｜解答解析
第四單元 聽解

問題III

　　あるところに二人の野球の好きな男がいました。あるとき二人は自分
たちが死んで天国へいっても野球ができるだろうかと話し合いました。

　　「どちらか先に死んだほうがなんとかして地上にもどってきて、
（1）そのことを相手に知らせようじゃないか？」と二人は堅い約束を
しました。

　　それから一年たったとき、ひとりがとつぜん亡くなって相手をがっか
りさせました。

　　ある日のことです。生き残った男が道を歩いていると、（2）ふと肩
をたたくものがあります。あたりを見回しても誰もいません。そのとき
なつかしい声をききました。

　　「きみの古い友達だよ。約束どおりもどってきた」

　　「さあ、教えてくれ。天国で野球はできるのかい？」

　　「いいニュースとわるいニュースがあるといったほうがいいな。いい
ニュースから話そう。天国でも野球はできるよ」

　　「そりゃすごい。で、わるい方は？」

　　（3）「今週の金曜日にきみが先発投手にきまったことだ」

問6　（1）そのことというのはなんのことですか。

　　① どちらが先に天国に行くかということ。

　　② 地上にもどったこと。

　　③ 天国の野球がおもしろいかどうか。

　　④ 天国で野球ができるかどうか。

問7 (2)「肩をたたいた」のは誰ですか。

① 生き残った男

② 亡くなった男

③ 天国の神様

④ 知らない人

問8 (3)「今週の金曜日にきみが先発投手にきまったことだ」というのはどうしてわるいニュースなのですか。

① 金曜日は都合がわるいから。

② 生き残った男が野球がへただから。

③ 生き残った男は野球がきらいだから。

④ 生き残った男が死ぬことを意味するから。

問題Ⅳ

「結婚適齢期」という言葉がある。

つい最近まで、女性の結婚適齢期は20歳から25歳の間だと言われ、25歳を過ぎるとお見合いの条件が悪くなったりした。

ところが、今は結婚しないで、働く女性がふえてきた。社会の中で働く喜びを知った女性たちは、結婚を「永久就職」などとみなさなくなったということだろうか。この若い女性の独身志向が、日本の社会を変えつつある。お見合いでは、女性は「若いこと」「新鮮であること」が価値とされていた。まるで果物や野菜を選ぶときのように、品定めされていたのである。ところが今は、女性が男性を品定めすることも多くなった。「3高」という言葉をご存知だろうか。「背が高く、学歴が高く、収入が高い」というのが、最近の若い女性にとっての「理想の男性像」なのだそうだ。

首都圏の独身OLは、男性に対してこんな「高い」理想を持っているうえに、8割以上が「一人でいることに不便を感じない」そうだから、独身男性にとっては、結婚相手を得にくい受難の時代になっているようである。

問9 文章に合っていない叙述を選びなさい。

① つい最近まで、女性の結婚適齢期は20歳から25歳の間だと言われた。

② つい最近まで、女性は結婚を「永久就職」などとみなしていた。

③ いまの若い女性の独身志向が、日本の社会を変えていない。

④ いまは結婚しないで、働く女性がふえてきた。

問10　本文の内容に合っていないものを選びなさい。

① 今までお見合いでは、女性は「若いこと」「新鮮であること」が価値とされていた。

② 今は、女性が男性を品定めすることが多くなった。

③ 今は、男性が結婚相手を得にくい受難の時代である。

④ 女性は独身でいると、高い収入を得られる。

問11　最近の女性が結婚しない理由として正しくないものを選びなさい。

① 結婚を「永久就職」とみなさなくなったこと。

② 一人でいることに不便を感じなくなったこと。

③ 25歳を過ぎるとお見合いできなくなること。

④ 社会の中で働く喜びを知ったこと。

問12　「3高」の内容として正しくないものを選びなさい。

① 「3高」を結婚相手の条件とする女性は結婚するのが早い。

② 「3高」とは「背が高い・学歴が高い・収入が高い」ことを指す。

③ 「3高」は女性にとっての「理想の男性像」である。

④ 「3高」は女性が男性を品定めするときの基準である。

問13 「永久就職」の説明として正しいものを選びなさい。

① 結婚したあとも年をとるまで同じ会社で仕事ができること。

② 一度結婚すれば、主婦として安定した生活を確保できること。

③ 結婚相手と同じ会社で定年まで一緒に仕事ができること。

④ 結婚すれば、死ぬまで高い収入が保証されること。

解答

問題Ｉ　　　問1　④　　　問2　②

問題ＩＩ　　　問3　③　　　問4　④　　　問5　①

問題ＩＩＩ　　　問6　④　　　問7　②　　　問8　④

問題ＩＶ　　　問9　③　　　問10　④　　　問11　③　　　問12　①

　　　　　　　問13　②

單字整理
實力測驗
解答解析
第一單元　（文字・語彙）言語知識

文法分析
實力測驗
解答解析
第二單元　（文法）言語知識

閱讀解析
實力測驗
解答解析
第三單元　讀解

題型整理
實力測驗
解答解析
第四單元　聽解

中文翻譯及解析

中村さんは、証券会社に勤めています。会社の仕事は８時半に始まりますから、毎朝７時に家を出て、駅まで15分歩きます。そして、東京駅で地下鉄に乗りかえます。

電車の中では経済新聞を読みます。株の値段は知っていますから見ません。いろいろな企業のニュースを読みます。たとえば、Ａ会社が新製品を作ったとか、Ｂ会社が倒産したとか、Ｃ会社では大学卒業の女子社員をはじめて100人もとるとか、外国と日本の会社が新しい会社を一緒に作るなどです。政府や選挙のニュースもよく読みます。スポーツにも興味があって、ゴルフや野球などの記事を読みます。電車の中で、新聞をだいたい読みおえます。

午前中の仕事はいろいろとあります。会議もあるし、お客さまからの電話もあります。前の日に株の値段がとても高くなったり安くなったりしたときは、お客さまも電話も多いです。

毎日たいへん忙しいですが、日本のことも外国のこともよくわかるので、中村さんは「この仕事が好きだ」と言っています。

中譯

中村先生在證券公司工作。公司的工作從八點半開始，所以每天早上七點出門，走十五分鐘到車站。然後，在東京車站轉搭地下鐵。

在電車裡面看經濟新聞報。股票價格都知道，所以不看。看各個企業的消息。例如Ａ公司生產了新產品、Ｂ公司倒閉了、Ｃ公司第一次錄取了高達百位的大

學學歷的女性員工、國外和日本的公司一起成立了新公司等等。也常看政府和選舉的新聞。對體育也有興趣，所以會看高爾夫或棒球等報導。大致上會在電車裡把報紙看完。

上午的工作有很多。有會議、也有客戶打來的電話。要是前一天的股價變得特別高或是特別低的時候，客人和電話都會很多。

雖然每天都非常忙，但是不管是國內的事情還是國外的事情都能很了解，所以中村先生說「我喜歡這份工作」。

單字

乗りかえる^の：轉乘　　**株**^{かぶ}：股票　　**記事**^{きじ}：報導

句型

「～とか～とか」：列舉，中文可翻譯成「～之類的～之類的」。

「～も～し～も～」：原因理由之並列，中文可翻譯成「又～又～」。

問1　中村さんはどうしてこの仕事が好きですか。

中村先生為什麼喜歡這份工作呢？

① 経済学などを勉強したからです。

　　因為學了經濟學等等。

② 毎日たいへん忙しいからです。

　　因為每天都非常忙碌。

③ 毎日電車の中で気楽に新聞を読めるからです。

　　因為每天會在電車裡輕鬆看報紙。

④ 日本のことだけでなく、外国のこともわかるからです。

　　因為不只日本，連國外的事都能知道。

解析 本題測驗考生是否瞭解表示因果關係的接續助詞「ので」之用法。從本文最後一句來看，「毎日たいへん忙しいですが、日本のことも外国のこともよくわかるので、中村さんは『この仕事が好きだ』と言っています。」，既然「ので」表示因果關係，所以可以翻譯為「因為日本、外國的事情都能很瞭解，所以中村先生說很喜歡這份工作」，故答案為④。

問2 次の新聞記事の中で、中村さんがあまり読まないものはどれだと思います
か。

以下的新聞報導中，你覺得中村先生不太看的是哪一個呢？

① 野球のオープン戦で陽岱鋼がホームランを打った。

在棒球的熱身賽中，陽岱鋼打了全壘打。

② 最近、トヨタ自動車の株がだんだん高くなった。

豐田汽車的股票最近慢慢漲了。

③ 外資系企業で働きたい女子学生が多くなった。

想在外商公司工作的女學生變多了。

④ 任天堂の新しいテレビゲームができた。

任天堂推出了新的電視遊戲。

解析 本題主要測驗考生是否注意到了「株の値段は知っていますから見ませ

ん。」這句話，雖然是簡單的表示因果關係的句子「～から」（因為～所

以～），但還是請小心前後句的語尾「～ていますから～ません」（因

為～所以不～）。句意為「股票價格都知道，所以不看」，所以答案為

②。

問題 II

静香さんにはお兄さん、お姉さんそして妹さんが一人ずついます。前に静香さんから、お姉さんとは本当は血が繋がっていない、という話を聞いたときには、びっくりしました。私の家と比べると、静香さんの家はとても賑やかで、兄弟の仲もとてもいいからです。子供の数が減っている日本でこのような六人家族はめずらしいです。

最近では遺伝子技術を駆使するＤＮＡ操作やクローン人間の問題に関心が寄せられています。静香さんの家族を見ていると、本当に大切なのは、血の繋がりやＤＮＡの問題ではなく、家族一人一人の間にある感情だ、ということに気が付きました。

中譯

靜香小姐各有一個哥哥、一個姊姊和一個妹妹。之前從靜香小姐那裡聽說她和姊姊其實沒有血緣關係的時候，嚇了一跳。因為和我家相比，靜香小姐家非常熱鬧、兄弟姊妹的感情非常好。在小孩人數減少的日本，像這樣的六口之家非常少見。

最近大家對使用遺傳因子技術的DNA操作及複製人的問題非常關心。看到靜香一家人會發覺，真正重要的不是血緣關係或是DNA的問題，而是在每個家人之間的感情。

單字

繋がる：聯繫、有關　　仲：情感　　寄せる：使靠近　　駆使する：使用

句型

「～ずつ」：表示重複、固定的數量，中文可翻譯成「各～」。

問3 　この文章の筆者は家族で大切なのはどのようなことだと述べているか。

本文的作者，對於家人中最重要的事，是如何描述的呢？

① ＤＮＡの問題

DNA的問題

② 血の繋がり

血緣

③ 家族同士の感情

家人間的感情

④ 兄弟の人数

兄弟姊妹的人數

解析 在本文最後一句提到「静香さんの家族を見ていると、本当に大切なのは、血の繋がりやＤＮＡの問題ではなく、家族一人一人の間にある感情だ、ということに気が付きました。」不是血緣或是DNA的問題，而是每個家人間的感情，因此答案為③。

第一單元 言語知識（文字・語彙） 單字整理｜實力測驗｜解答解析

第二單元 言語知識（文法） 文法分析｜實力測驗｜解答解析

第三單元 讀解 閱讀解析｜實力測驗｜解答解析

第四單元 聽解 題型整理｜實力測驗｜解答解析

問4 筆者がびっくりしたのはどのようなことか、最も適切なものを選びなさい。

作者是為了什麼事嚇一跳呢？請選出最適當的答案。

① 静香さんの家が賑やかなこと。

静香小姐家很熱鬧。

② 静香さんの兄弟の仲がいいこと。

静香小姐兄弟姊妹感情很好。

③ 静香さんの家族が多いこと。

静香小姐的家人很多。

④ 静香さんとお姉さんは血の繋がりがないこと。

静香小姐和姊姊沒有血緣關係。

解析 從「前に静香さんから、お姉さんとは本当は血が繋がっていない、という話を聞いたときには、びっくりしました。」這句話可以得知，嚇一跳的原因是沒有血緣關係，故答案為選項④。

問5　「私」の説明として適切なものを選びなさい。

作為「我」的說明，請選出最適當的選項。

① 私の家は静香さんの家ほど賑やかではない。

　　我家沒有靜香小姐家熱鬧。

② 私は静香さんより弟と仲がいい。

　　我跟弟弟的感情比靜香小姐好。

③ 私は姉と血が繋がっていない。

　　我和姊姊沒有血緣關係。

④ 私の関はＤＮＡ操作やクローン人間のできである。

　　我所關心的是DNA操作或是複製人的製造。

解析 本題旨在測驗考生是否瞭解比較相關句型。「私の家と比べると、静香さんの家はとても賑やかで、兄弟の仲もとてもいいからです。」（和我家相比，靜香小姐家非常熱鬧、兄弟姊妹的感情非常好。）從這句話可得知選項①正確，選項②錯誤，故答案為選項①。

問題Ⅲ

　　あるところに二人の野球の好きな男がいました。あるとき二人は自分たちが死んで天国へいっても野球ができるだろうかと話し合いました。

　　「どちらか先に死んだほうが なんとかして 地上にもどってきて、(1) そのこと を相手に知らせようじゃないか？」と二人は堅い約束をしました。

　　それから一年たったとき、ひとりが とつぜん 亡くなって相手をがっかりさせました。

　　ある日のことです。生き残った男が道を歩いていると、(2) ふと 肩をたたくものがあります。あたりを 見回して も誰もいません。そのときなつかしい声をききました。

　　「きみの古い友達だよ。約束 どおり もどってきた」

　　「さあ、教えてくれ。天国で野球はできるの かい ？」

　　「いいニュースとわるいニュースがあるといったほうがいいな。いいニュースから話そう。天国でも野球はできるよ」

　　「そりゃすごい。で、わるい方は？」

　　(3) 「今週の金曜日にきみが先発投手にきまったことだ」

中譯

　　在某個地方，有兩個喜歡棒球的男性。有一次，兩個人討論著自己死了之後，到了天上不知道能不能打棒球。

　　「我們就先死的人想辦法回到地上，告訴對方那件事吧！」兩個人堅定相約。

　　之後，過了一年，其中一個突然過世，讓另一個人很難過。

　　那是某一天發生的事情。當活著的那一個男的走在路上，突然有人拍他肩膀。轉頭看看四周，沒半個人。就在這個時候，聽到了懷念的聲音。

　　「是你的老朋友啦！我依約回來了。」

　　「那快跟我說！在天上到底可以打棒球嗎？」

　　「可以說有好消息和壞消息呀！先從好消息說起吧！天上也可以打棒球喔！」

　　「那真棒。那，壞消息呢？」

　　「那就是這個星期五確定你是先發投手。」

單字

なんとかして：想辦法　　とつぜん：突然　　ふと：突然
見<ruby>回<rt>み</rt></ruby><ruby>す<rt>まわ</rt></ruby>：到處看

句型

「〜どおり」：照著、如同

「〜かい」：疑問語尾，用於男性友人間，中文可翻譯成「〜嗎」。

問6　(1) <u>そのこと</u>というのはなんのことですか。

「那件事」指的是哪件事？

① どちらが先に天国に行くかということ。

誰先到天上去這件事。

② 地上にもどったこと。

回地上這件事。

③ 天国の野球がおもしろいかどうか。

天上的棒球好不好玩。

④ <u>天国で野球ができるかどうか。</u>

天上能不能打棒球。

解析　文章中的指示詞「その～」指的是前面所提到的事物，這裡的「そのこと」前面提到的是「自分たちが死んで天国へいっても野球ができるだろうか」這件事情，因此正確答案為選項④。

問7 （2）「肩をたたいた」のは誰ですか。

「拍了肩膀」的是誰？

① 生き残った男

活著的男的

② <u>亡くなった男</u>

<u>死掉的男的</u>

③ 天国の神様

天上的神仙

④ 知らない人

不認識的人

解析 從後面的「きみの古い友達だよ。約束どおりもどってきた。」這句話可

確定是他死掉的那位朋友，故正確答案為選項②。

193

問8 (3) 「今週の金曜日にきみが先発投手にきまったことだ」というのはど
うしてわるいニュースなのですか。

「這個星期五確定你是先發投手」這件事情為何是壞消息呢？

① 金曜日は都合がわるいから。

因為星期五不方便。

② 生き残った男が野球がへただから。

因為活著的男的棒球打不好。

③ 生き残った男は野球がきらいだから。

因為活著的男的不喜歡棒球。

④ 生き残った男が死ぬことを意味するから。

因為表示活著的男的會死。

解析 本題重點在於測驗考生是否了解「決める」和「決まる」的差異。「決め
る」是他動詞，表示行為，常翻譯為「決定」；「決まる」是自動詞，表
示結果，應該翻譯為「確定」、「固定」，故正確答案為選項④。

問題IV

　　「結婚適齢期」という言葉がある。

　　つい最近まで、女性の結婚適齢期は20歳から２５歳の間だと言われ、２５歳を過ぎるとお見合いの条件が悪くなったりした。

　　ところが、今は結婚しないで、働く女性がふえてきた。社会の中で働く喜びを知った女性たちは、結婚を「永久就職」などとみなさなくなったということだろうか。この若い女性の独身志向が、日本の社会を変えつつある。お見合いでは、女性は「若いこと」「新鮮であること」が価値とされていた。まるで果物や野菜を選ぶときのように、品定めされていたのである。ところが今は、女性が男性を品定めすることも多くなった。「３高」という言葉をご存知だろうか。「背が高く、学歴が高く、収入が高い」というのが、最近の若い女性にとっての「理想の男性像」なのだそうだ。

　　首都圏の独身ＯＬは、男性に対してこんな「高い」理想を持っているうえに、８割以上が「一人でいることに不便を感じない」そうだから、独身男性にとっては、結婚相手を得にくい受難の時代になっているようである。

中譯

　　有「適婚年齡」這麼一句話。

　　直到不久之前，都還有人說女性的適婚年齡是二十歲到二十五歲之間，一過了二十五歲，相親的條件就變糟了。

　　不過，現在不結婚、工作的女性增加了。在社會中瞭解了工作的喜悅的女性們，變得不把結婚當作「永久就業」了吧！這個年輕女性的單身志向正在改變著日本的社會。過去在相親裡，女性要「年輕」、「新鮮」才有價值。就好像在挑

水果、蔬菜時一樣被品頭論足。但是，現今變得多是女性對男性品頭論足了。所謂的「三高」這句話，大家知道吧！聽說對最近的年輕女性來說，「身高高、學歷高、收入高」是「理想的男性圖像」。

首都圈的單身OL對於男性有著這麼「高的」理想，再加上聽說八成以上的人「不覺得一個人有什麼不方便」，所以對單身男性來說，好像到了難以得到結婚對象的受難的時代了。

單字

お見合い：相親　　見なす：視為　　品定め：品頭論足
得る：得到

句型

「～ところが」：表示意外之逆態接續詞，中文可翻譯成「但是～」。
「～つつある」：表示動作持續進行，中文可翻譯成「～著」。
「～に対して」：對於～，表示對人的態度。
「～うえに」：再加上～。
「～にとって」：對於～來說，表示某件事之於人的意義。

問9 文章に合っていない叙述を選びなさい。

請選出不符本文章的敘述。

① つい最近まで、女性の結婚適齢期は20歳から２5歳の間だと言われた。

直到不久之前，人家都說女性的適婚年齡是二十歲到二十五歲之間。

② つい最近まで、女性は結婚を「永久就職」などとみなしていた。

直到不久之前，女性都視結婚為「永久就業」。

③ いまの若い女性の独身志向が、日本の社会を変えていない。

現在的年輕女性的單身志向，沒有改變日本的社會。

④ いまは結婚しないで、働く女性がふえてきた。

現在不結婚、工作的女性增加了。

解析 「この若い女性の独身志向が、日本の社会を変えつつある。」（這個年輕女性的單身志向正在改變著日本的社會。）從這句話可得知選項③「いまの若い女性の独身志向が、日本の社会を変えていない。」是錯誤的。本題主要測驗考生是否理解機能語「〜つつある」，「〜つつある」就是「〜ている」的意思，表示「正在〜」。選項③最後卻是「〜ていない」，當然錯誤，本題答案為③。

問10 本文の内容に合っていないものを選びなさい。

請選出和本文內容不符的選項。

① 今までお見合いでは、女性は「若いこと」「新鮮であること」が価値とされていた。

直到不久之前，在相親中，女性要「年輕」、「新鮮」才有價值。

② 今は、女性が男性を品定めすることが多くなった。

現在變得多是女性對男性品頭論足了。

③ 今は、男性が結婚相手を得にくい受難の時代である。

現在是男性難以得到結婚對象的受難的時代。

④ 女性は独身でいると、高い収入を得られる。

女性單身的話，就能得到很高的收入。

解析 選項①、②、③ 都符合本文，選項④「女性は独身でいると、高い収入を得られる。」（女性單身的話，就能得到很高的收入。）在文中卻無提到相關資訊，故本題答案為④。

問11 最近の女性が結婚しない理由として正しくないものを選びなさい。

作為最近的女性不婚的理由，請選出不正確的。

① 結婚を「永久就職」とみなさなくなったこと。

變得不把結婚視為「永久就業」。

② 一人でいることに不便を感じなくなったこと。

變得不覺得一個人生活不方便。

③ ２５歳を過ぎるとお見合いできなくなること。

一過了二十五歲，就變得不能相親。

④ 社会の中で働く喜びを知ったこと。

瞭解了在社會中工作的喜悅。

解析 選項①、②、④都符合本文，但選項③「２５歳を過ぎるとお見合いでき

なくなること」（一過了二十五歲，就變得不能相親）在本文中卻沒有提

到，並非不能相親，而是會被挑剔吧，故答案為③。

問12 「３高」の内容として正しくないものを選びなさい。

作為「三高」的內容，請選出錯誤的選項。

① 「３高」を結婚相手の条件とする女性は結婚するのが早い。

把「三高」當作結婚對象條件的女性會很早結婚。

② 「３高」とは「背が高い・学歴が高い・収入が高い」ことを指す。

所謂的「三高」，指的是「身高高、學歷高、收入高」。

③ 「３高」は女性にとっての「理想の男性像」である。

「三高」對女性來說是「理想的男性圖像」。

④ 「３高」は女性が男性を品定めするときの基準である。

「三高」是女性對男性品頭論足時的基準。

解析 選項②、③、④都符合本文的內容，但選項①「『３高』を結婚相手の条件とする女性は結婚するのが早い。」（把「三高」當作結婚對象條件的女性會很早結婚。）應該和事實相反，故本題答案為①。

問13　「永久就職」の説明として正しいものを選びなさい。

請選出作為「永久就業」的說明的正確選項。

① 結婚したあとも年をとるまで同じ会社で仕事ができること。

結婚之後也能在同一家公司工作到老。

② 一度結婚すれば、主婦として安定した生活を確保できること。

只要結一次婚，就能以家庭主婦之姿，確保安定的生活。

③ 結婚相手と同じ会社で定年まで一緒に仕事ができること。

能夠和結婚對象在同一家公司一起工作到退休為止。

④ 結婚すれば、死ぬまで高い収入が保証されること。

結婚的話，到死都保證有高收入。

解析　結婚而「永久就職」（永久就業）指的應該是有老公養自己一輩子，因此正確答案為②「一度結婚すれば、主婦として安定した生活を確保できること」。

memo

第四單元

聽　　解

聽解準備要領

　　N3聽解總共有「課題理解」、「重點理解」、「概要理解」、「發話表現」、「即時應答」五大題。這五大題分兩個測驗方向，前三大題測驗「聽」、後兩大題測驗「說」。不過先不要擔心，不是測驗口說，是他會幫你說，你再來選就好了。

　　「聽」的部分，前兩大題出題形式很接近，都是先敘述場景、問一次問題，接下來是對話，對話結束後再問一次問題，然後從試題冊上的圖或是選項找答案。差異在於「課題理解」的選項會是圖或是簡單的字句、「重點理解」的選項則是較複雜、必須仔細閱讀的句子。第三大題「概要理解」是N3以上級數才有的題型，試題冊上沒有任何內容，從頭到尾只用聽的。先敘述場景，然後就進入對話，最後才問問題、說選項，是難度頗高的題型。

　　「說」的部分「發話表現」和「即時應答」的差異在於前者設定一個場景，考你知不知道怎麼說；後者則是別人說一句話，看你知不知道怎麼回答。實際出題時，「發話表現」會有圖，然後箭頭指著圖裡其中一人，就是表示我們要從接下來的選項中選出這個人這個時候要說什麼。「即時應答」沒有圖、你會聽到一個人說話，然後就是選項，我們要從選項中選出此時最適合回答的一句話。

　　前兩大題作答技巧相同，一開始的提問就要聽清楚，然後就可以從對話中找答案。而不是以為還有時間，還在填上一題的答案，等到對話出來才專心，這是錯的。這兩大題必須專心聆聽每一題一開始的提問。

後兩大題看起來很難，但是這兩大題只是為了將「口說」融入聽力測驗，所以能夠出的題目相當有限，只要基礎對話夠熟練，其實沒什麼好怕的。

剩下的第三大題，是有點難，但是只要方向正確，各位還是能輕鬆作答。什麼方向？我指的是日檢聽力測驗的方向。聽力怎麼考？從小到大每個老師、每一本書都說，仔細聽、記筆記。聽起來很有道理，但這就像是告訴人家「生魚片怎麼吃？」「放進嘴裡、慢慢嚼」有用嗎？如果內容夠簡單，不專心也聽得懂，如果內容太難，播音播到耳朵聾，還是聽不懂。記筆記？你記的是你會的還是你不會的？不會的你也不知道怎麼記，會的，何必記？

我的方向是「盡量聽、不記筆記」。日檢聽力測驗方向就是「盡量不出考生只會某個特定單字就能找出答案的題目」，因此實際出題時，內容曲曲折折，最後的答案往往是從頭到尾沒說出來的那個字。所以你記筆記不僅寫下了不需要的資訊，可能還漏了後面很重要的資訊。我們能做的是，想辦法擴充大腦的記憶體，讓我們的腦中一次可以多記住很多資訊。練習方式很簡單，從今天起，做任何一題聽力練習時，都不要記筆記，逼你的大腦暫存它們。

必考題型整理

　　前面老師提到前兩大題會先問問題，而我們必須聽懂第一次的提問，接下來只要找答案就好了。因此，「了解問題」，是這裡最重要的課題。老師從歷屆考題中，選出出題頻率最高的疑問詞，並整理成最常見的題型。雖然每一年的考題都不同，但提問方式卻是大同小異。讀者只要可以了解以下的句子，應試時一定可以輕鬆聽懂提問的問題，接下來就只要從對話找答案就好了。這兩大題佔的分數是聽力測驗的一半，這一半沒問題，當然聽解一科就妥當了。

一　どれ（哪一個）　◎MP3-71

男の人と女の人が話しています。女の人の話に合うのはどれですか。

男子和女子正在說話。符合女子說的是哪一個呢？

男の人と女の人が話しています。女の人はどれを買うことにしましたか。

男子和女子正在說話。女子決定買哪一個呢？

男の人がある自動車メーカーの売り上げについて説明しています。このメーカーの売り上げを表すグラフはどれですか。

男子正在說明關於某汽車製造商的營業額。表示這個車廠的營業額的圖表是哪一個呢？

二　どの（哪個）

アナウンサーがアンケート調査の結果について話しています。その内容に合っているのはどのグラフですか。

主播正在說明關於問卷調查的結果。符合其內容的是哪個圖表呢？

男の人と女の人が車の中で話しています。二人はどの道を通りますか。

男子和女子正在車內說話。兩個人會走哪條路呢？

男の人が話しています。この人はどの車が好きだと言っていますか。

男子正在說話。這個人說他喜歡哪台車呢？

三　どう（如何）

男の人と女の人が話しています。パーティーはどうでしたか。

男子和女子正在說話。宴會怎麼樣了呢？

二人の女子高生が話しています。二人は親にどうしてほしいと言っていますか。

兩個高中女生正在說話。兩個人說希望父母怎麼做呢？

店で男の人が店員と話しています。男の人はこれからどうすればいいですか。

店裡面男子正在和店員說話。男子接下來怎麼做好呢？

台風のニュースです。台風はどうなりましたか。

颱風消息。颱風怎麼樣了呢？

四　どこ（哪裡）

男の人と女の人が話しています。男の人は車を<u>どこ</u>に止めますか。

男子和女子正在說話。男子要把車子停在哪裡呢？

男の人と女の人が話しています。女の人は財布を<u>どこ</u>に忘れましたか。

男子和女子正在說話。女子把錢包忘在哪裡了呢？

男子学生と女子学生が話しています。男子学生は<u>どこ</u>で先生を見かけましたか。

男學生和女學生正在說話。男學生在哪裡看到老師呢？

男の人と女の人が話しています。男の人は<u>どこ</u>で待ち合わせをすればいいですか。

男子和女子正在說話。男子覺得要約在哪裡好呢？

五　どうして（為什麼）　◎MP3-72

男の人と女の人が話しています。女の人は自分で料理をしないのは<u>どうして</u>ですか。

男子和女子正在說話。女子自己不下廚是為什麼呢？

男の人が話しています。この人はバスで会社へ行くのは<u>どうして</u>ですか。

男子正在說話。這個人搭公車上班的原因為何？

六 何 / 何（什麼）

男の人が話しています。この人は子どものとき何がきらいでした
か。

男子正在說話。這個人小時候不喜歡什麼呢？

会社員の男の人が話しています。この人は今日中に何をしなければ
なりませんか。

上班族男性正在說話。這個人今天內一定要做什麼呢？

男の人と女の人が話しています。何について話していますか。

男子和女子正在說話。他們在聊些什麼呢？

男の人と女の人が話しています。課長は女の人に何と言いました
か。

男子和女子正在說話。課長和女子說了些什麼呢？

男の学生と女の学生が話しています。男の学生はこの後、先生に何
と言いますか。

男學生和女學生正在說話。男學生之後要跟老師說什麼呢？

男の人が話しています。この人のアパートの問題は何ですか。

男子正在說話。這個人的公寓的問題是什麼呢？

七　何時（幾點）

男の人と女の人が話しています。男の人は、何時まで働きますか。

男子和女子正在說話。男子要工作到幾點呢？

男の人と女の人が話しています。男の人は何時までにホテルを出ますか。

男子和女子正在說話。男子幾點以前會離開飯店呢？

二人の女の人が話しています。二人が見る映画は何時から始まりますか。

兩個女性在說話。兩個人要看的電影幾點開始呢？

二人の学生が電話で話しています。何時に先生と会いますか。

兩個學生正在講電話。幾點要跟老師見面呢？

實力測驗

問題 I　◎MP3-73

① 一番右の人形を買います。

② 一番左の人形を買います。

③ 右から二番目の人形を買います。

④ 左から二番目の人形を買います。

問題 II　◎MP3-74

① 2時ごろもう一度ABC社に電話をかけます。

② 3時ごろもう一度ABC社に電話をかけます。

③ 2時ごろABC社からの電話を待ちます。

④ 3時ごろABC社からの電話を待ちます。

◎MP3-75

① 2冊です。

② 3冊です。

③ 5冊です。

④ 7冊です。

◎MP3-76

① 歌を歌います。

② ギターを弾きます。

③ ピアノを弾きます。

④ 踊りを踊ります。

問題Ⅴ　◎MP3-77

① 食事しています。

② 自由に遊んでいます。

③ テレビを見ています。

④ 勉強しています。

問題Ⅵ　◎MP3-78

① 一日に２回食事する前に飲みます。

② 一日に２回食事した後で飲みます。

③ 一日に４回食事する前に飲みます。

④ 一日に４回食事した後で飲みます。

問題Ⅶ　◎MP3-79

①男の人に中国語を教えてあげます。

②男の人に中国語を教えてもらいます。

③男の人のお母さんに中国語を習います。

④女の人のお母さんに中国語を習います。

解答

問題Ⅰ	④
問題Ⅱ	②
問題Ⅲ	①
問題Ⅳ	③
問題Ⅴ	④
問題Ⅵ	②
問題Ⅶ	②

第一單元　言語知識（文字・語彙）　單字整理｜實力測驗｜解答解析

第二單元　言語知識（文法）　文法分析｜實力測驗｜解答解析

第三單元　讀解　閱讀解析｜實力測驗｜解答解析

第四單元　聽解　題型整理｜實力測驗｜解答解析

日文原文及中文翻譯

問題 1　　正解：4

店で女の人と店員が話しています。女の人はどれを買いますか。

女1：すみません。あの棚の一番上にある人形を見せていただけませんか。

女2：あの一番左のですか。

女1：いいえ、その右のです。

女2：その右のですか。ああ、あれですね。

女1：じゃ、それにします。

女の人はどれを買いますか。

①一番右の人形を買います。

②一番左の人形を買います。

③右から二番目の人形を買います。

④左から二番目の人形を買います。

女子和店員在店裡說話。女子要買哪一個呢？

女1：不好意思。能不能請您讓我看一下那個架子最上面的洋娃娃呢？

女2：是那個最左邊的嗎？

女1：不，是那個的右邊。

女2：那個的右邊嗎？啊，是那個呀！

女1：那麼，我就買那個！

女子要買哪一個呢？

①買最右邊的洋娃娃。

②買最左邊的洋娃娃。

③買右邊數過來第二個洋娃娃。

④買左邊數過來第二個洋娃娃。

問題 II　　正解：2

電話で男の人と女の人が話しています。男の人はどうしますか。

女：はい、ABC社でございます。

男：三井商事の田中と申しますが、木村課長はいらっしゃいますか。

女：いつもお世話になっております。申し訳ございませんが、木村はあいにく
　　外出しております。午後2時に戻る予定ですので、こちらからお電話させ
　　ていただいてもよろしいでしょうか。

男：あ、すみません。私もこれから出かけますので、3時ごろこちらからまた
　　お電話いたします。

女：そうですか。申し訳ございません。

男の人はどうしますか。

①2時ごろもう一度ABC社に電話をかけます。
②3時ごろもう一度ABC社に電話をかけます。
③2時ごろABC社からの電話を待ちます。
④3時ごろABC社からの電話を待ちます。

電話裡男子和女子正在說話。男子會怎麼做？

女：您好，這裡是ABC公司。

男：我是三井商事的田中，請問木村課長在嗎？

女：非常感謝您平時的關照。不好意思，不巧木村現在外出了。預定下午兩點會
　　回來，所以我再請他回電給您好嗎？

男：啊，不好意思。我現在也要出去，所以三點左右我再打一次。

女：這樣子呀！真是非常抱歉。

男子會怎麼做？

①兩點左右再打一次給ABC公司。

②三點左右再打一次給ABC公司。

③兩點左右等ABC公司打來的電話。

④三點左右等ABC公司打來的電話。

問題Ⅲ　　正解：1

研究室で先生と学生が話しています。学生は本を何冊買いますか。

女：吉田君、来月までにこの7冊の本を読んでおいてください。

男：7冊全部買うんですか。

女：そうですね。これとこれは私のを貸してあげましょう。この小さいのとこの大きいのは買ったほうがいいですね。ずっと使いますから。それから、この3冊は図書館にありますから、買わなくてもいいです。図書館から借りてください。

男：はい。わかりました。

男の人は本を何冊買いますか。

① 2冊です。
② 3冊です。
③ 5冊です。
④ 7冊です。

研究室裡老師和學生正在說話。學生要買幾本書呢？

女：吉田同學，下個月之前，把這七本書看完！

男：七本都要買嗎？

女：這個嘛。這本和這本我的借你吧！這本小的和這本大的用買的比較好！因為一直都會用得到。然後，這三本圖書館裡面有，所以可以不用買。請從圖書館借！

男：是的，我知道了。

男子要買幾本書呢？

① 兩本。
② 三本。
③ 五本。
④ 七本。

問題Ⅳ　正解：3

男の人と女の人が話しています。女の人はパーティーで何をしますか。

男：ワンさん、今度のパーティーで中国語の歌でも歌ってくれませんか。

女：えっ、歌。私は歌はちょっと……。

男：僕はギターを弾くことにしたんですよ。

女：そうですね。じゃ、ピアノなら……。

男：ああ、いいですね。陳さんが踊りを踊ってくれますから、後は誰かに歌を歌ってもらいましょう。

女の人はパーティーで何をしますか。

①歌を歌います。

②ギターを弾きます。

③ピアノを弾きます。

④踊りを踊ります。

男子和女子正在說話。女子在派對上要做什麼呢？

男：王小姐，你要不要在這次的派對上為我們唱首中文歌呢？

女：欸，唱歌？我不太會唱歌……。

男：我已經決定要彈吉他了喔！

女：這個嘛。那麼，如果是鋼琴的話……。

男：啊，很好耶！因為陳小姐會為我們跳舞，所以另外再找個人幫忙唱歌吧！

女子在派對上要做什麼呢？

①唱歌。

②彈吉他。

③彈鋼琴。

④跳舞。

問題Ⅴ　　正解：4

<ruby>男<rt>おとこ</rt></ruby>の<ruby>人<rt>ひと</rt></ruby>が<ruby>話<rt>はな</rt></ruby>しています。<ruby>男<rt>おとこ</rt></ruby>の<ruby>人<rt>ひと</rt></ruby>のむすめさんは<ruby>家<rt>いえ</rt></ruby>では<ruby>夜中<rt>よなか</rt></ruby>までいつも<ruby>何<rt>なに</rt></ruby>をしていますか。

<ruby>男<rt>おとこ</rt></ruby>：うちのむすめは<ruby>今<rt>いま</rt></ruby>、<ruby>中学2年生<rt>ちゅうがくにねんせい</rt></ruby>です。<ruby>学校<rt>がっこう</rt></ruby>から<ruby>帰<rt>かえ</rt></ruby>って、<ruby>食事<rt>しょくじ</rt></ruby>を<ruby>終<rt>お</rt></ruby>えたらすぐ<ruby>自分<rt>じぶん</rt></ruby>の<ruby>部屋<rt>へや</rt></ruby>に<ruby>入<rt>はい</rt></ruby>って、<ruby>夜中<rt>よなか</rt></ruby>まで<ruby>勉強<rt>べんきょう</rt></ruby>をしています。もちろん、<ruby>勉強<rt>べんきょう</rt></ruby>はしないより、したほうがいいですが、<ruby>隣<rt>となり</rt></ruby>のお<ruby>子<rt>こ</rt></ruby>さんのように、<ruby>自由<rt>じゆう</rt></ruby>に<ruby>遊<rt>あそ</rt></ruby>ぶのもいいんじゃないでしょうか。いくら<ruby>受験勉強中<rt>じゅけんべんきょうちゅう</rt></ruby>でも、まだ１４<ruby>歳<rt>じゅうよんさい</rt></ruby>の<ruby>子<rt>こ</rt></ruby>どもですよ。テレビくらい<ruby>見<rt>み</rt></ruby>てもいいんじゃないでしょうか。

<ruby>男<rt>おとこ</rt></ruby>の<ruby>人<rt>ひと</rt></ruby>のむすめさんは<ruby>家<rt>いえ</rt></ruby>では<ruby>夜中<rt>よなか</rt></ruby>までいつも<ruby>何<rt>なに</rt></ruby>をしていますか。

①<ruby>食事<rt>しょくじ</rt></ruby>しています。
②<ruby>自由<rt>じゆう</rt></ruby>に<ruby>遊<rt>あそ</rt></ruby>んでいます。
③テレビを<ruby>見<rt>み</rt></ruby>ています。
④<ruby>勉強<rt>べんきょう</rt></ruby>しています。

男子正在說話。男子的女兒在家裡都做什麼做到半夜？

男：我女兒現在國中二年級。從學校回來，吃完飯就立刻進自己的房間，讀書讀到半夜。當然，比起不讀書，讀書還是比較好，但是像隔壁的小孩一樣，自由地玩不是很好嗎？再怎麼準備考試，也還是個十四歲的孩子呀！看個電視不也是不錯嗎？

男子的女兒在家裡都做什麼做到半夜？

①吃飯。
②自由地玩。
③看電視。
④讀書。

問題Ⅵ　正解：2

病院で女の人と看護婦さんが話しています。女の人はどのように薬を飲めばいいですか。

女1：鈴木さんですね。この薬を朝食と夕食の時4つずつ飲んでください。

女2：はい。食べる前ですか。

女1：いいえ、食べてから飲んでください。

女2：はい、3つずつですね。

女1：違います。4つずつです。それから、食べない時はやめてください。

女2：はい、わかりました。

女の人はどのように薬を飲めばいいですか。

①一日に2回食事する前に飲みます。
②一日に2回食事した後で飲みます。
③一日に4回食事する前に飲みます。
④一日に4回食事した後で飲みます。

醫院裡，女子正和護理師在說話。女子該怎麼吃藥才好呢？

女1：是鈴木小姐對吧！這個藥在早餐和晚餐的時候，請各吃四顆。

女2：是的，是飯前吃嗎？

女1：不，請飯後吃！

女2：好的，各三顆對吧！

女1：不是。是各四顆。然後，沒吃飯的時候就不要吃！

女2：是的，我知道了。

女子該怎麼吃藥才好呢？

①一天兩次，飯前吃。
②一天兩次，飯後吃。
③一天四次，飯前吃。
④一天四次，飯後吃。

221

問題VII　　正解：2

女の人と男の人が話しています。女の人はどうしますか。

女：私は大学で中国語を習っているんですけど、難しいですね。誰かが中国語
　　をわかりやすく教えてくれたらいいなあ。

男：僕が教えましょうか。

女：えっ、キムさんも中国語を習っているの。

男：ううん。母は中国人なんです。

女：あっ、そうか。知りませんでした。

女の人はどうしますか。

①男の人に中国語を教えてあげます。
②男の人に中国語を教えてもらいます。
③男の人のお母さんに中国語を習います。
④女の人のお母さんに中国語を習います。

女子和男子正在說話。女子會怎麼做？

女：我在大學裡學中文，可是好難呀！要是有誰能夠簡單易懂地教我中文就好了
　　呀！

男：我來教你吧！

女：咦，金同學你也在學中文嗎？

男：不是，因為家母是中國人。

女：啊，是喔！我都不知道耶！

女子會怎麼做？

①教男子中文。
②請男子教他中文。
③跟男子的母親學中文。
④跟女子的母親學中文。

新日檢「Can-do」
檢核表

日語學習最終必須回歸應用在日常生活，在聽、說、讀、寫四大能力
指標中，您的日語究竟能活用到什麼程度呢？本附錄根據JLPT官網所公
佈之「日本語能力測驗Can-do自我評價調查計畫」所做的問卷，整理出
75條細目，依「聽、說、讀、寫」四大指標製作檢核表，幫助您了解自
我應用日語的能力。

聽

> 目標：在日常生活及一些更廣泛的場合下，以接近自然的速度聽取對
> 話或新聞，能理解話語的內容、對話人物的關係、掌握對話要
> 義。

□ 1.政治や経済などについてのテレビのニュースを見て、要点が理解でき
る。

在電視上看到政治或經濟新聞，可以理解其要點。

□ 2.仕事や専門に関する問い合わせを聞いて、内容が理解できる。

聽到與工作或是專長相關的詢問，可以理解其內容。

□ 3.社会問題を扱ったテレビのドキュメンタリー番組を見て、話の要点が
理解できる。

觀賞電視上有關社會問題的紀錄片節目，可以理解其故事的要點。

□ 4. あまりなじみのない話題の会話でも話の要点が理解できる。

即使是談論不太熟悉的話題，也可以理解其對話的重點。

□ 5. フォーマルな場（例：歓迎会など）でのスピーチを聞いて、だいたい
の内容が理解できる。

在正式場合（例如迎新會等）聽到演說，可以理解其大致的內容。

□ 6.最近メディアで話題になっていることについての会話で、だいたいの内容が理解できる。

從最近在媒體上引起話題的對話中，能夠大致理解其內容。

□ 7.関心あるテーマの議論や討論で、だいたいの内容が理解できる。

對於感興趣的主題，在討論或辯論時，可以大致理解其內容。

□ 8.学校や職場の会議で、話の流れが理解できる。

在學校或工作場合的會議上，可以理解其對話的脈絡。

□ 9.関心あるテーマの講義や講演を聞いて、だいたいの内容が理解できる。

對於感興趣的講課或演講，可以大致理解其內容。

□ 10.思いがけない出来事（例：事故など）についてのアナウンスを聞いてだいたい理解できる。

聽到出乎意料之外的事（例如意外等）的廣播，可以大致理解其內容。

□ 11.身近にある機器（例：コピー機）の使い方の説明を聞いて、理解できる。

聽到關於日常生活中常用機器（例如影印機）的使用說明，可以聽得懂。

□ 12.身近で日常的な話題についてのニュース（例：天気予報、祭り、事故）を聞いて、だいたい理解できる。

聽到關於日常生活的新聞（例如天氣預報、祭典、意外），大致可以理解。

□ 13.身近で日常的な内容のテレビ番組（例：料理、旅行）を見て、だいたい理解できる。

看到關於日常生活的電視節目（例如料理、旅行），大致可以理解。

□ 14.店での商品の説明を聞いて、知りたいこと(例：特徴など)がわかる。

在商店聽取商品的介紹，可以聽懂想了解的重點（例如特徵等）。

□ 15.駅やデパートのアナウンスを聞いて、だいたい理解できる。

聽到車站或百貨公司的廣播，可以大致理解。

□ 16. 身近で日常的な話題（例：旅行の計画、パーティーの準備）について の話し合いで、話の流れが理解できる。

聊到關於日常生活的話題（例如旅行計畫、宴會準備），可以理解話題 的脈絡。

□ 17. アニメや若者向け映画のような単純なストーリーのテレビドラマや 映画を見て、だいたいの内容が理解できる。

看動畫或是給年輕人看的情節單純的連續劇或是電影，可以大致理解 其內容。

□ 18. 標準的な話し方のテレビドラマや映画を見て、だいたい理解できる。

看發音、用語標準的連續劇或是電影，可以大致理解其內容。

□ 19. 周りの人との雑談や自由な会話で、だいたいの内容が理解できる。

跟身邊的人談天或對話，可以大致理解其對話內容。

說

目標：1. 可以有條理地陳述意見、發表演說闡明論點。

2. 日常生活與他人溝通無礙。

□ 1.関心ある話題の議論や討論に参加して、意見を論理的に述べることができる。

可以加入討論或辯論有興趣的話題，有條理地陳述意見。

□ 2.思いがけない出来事（例：事故など）の経緯と原因について説明することができる。

可以陳述意料之外的事（例如意外等）的來龍去脈和原因。

□ 3.相手や状況に応じて、丁寧な言い方とくだけた言い方が使い分けられる。

可以根據對象或狀況，區分使用較有禮貌以及較輕鬆的說法。

□ 4.最近メディアで話題になっていることについて質問したり、意見を言ったりすることができる。

可以針對最近在媒體上引起話題的事物提出問題或是陳述意見。

□ 5.準備をしていれば、自分の専門の話題やよく知っている話題についてプレゼンテーションができる。

如果經過準備，就可以公開演說自己的專長領域或熟悉話題。

□ 6.使い慣れた機器（例：自分のカメラなど）の使い方を説明することができる。

可以說明自己慣用機器（例如自己的相機等）的使用方法。

□ 7.クラスのディスカッションで、相手の意見に賛成か反対かを理由とともに述べることができる。

在課堂的討論中，可以陳述贊成或反對對方的理由。

□ 8. アルバイトや仕事の面接で、希望や経験を言うことができる（例：勤務時間、経験した仕事）。

打工或正職的面試中，可以陳述希望或經歷（例如工時、工作經歷）。

□ 9. 旅行中のトラブル（例：飛行機のキャンセル、ホテルの部屋の変更）にだいたい対応できる。

旅行途中遇到狀況（例如航班取消、飯店房間變更），大致可以應付。

□ 10. 最近見た映画や読んだ本のだいたいのストーリーを紹介することができる。

最近看的電影或是閱讀的書，可以大致介紹其故事內容。

□ 11. 旅行会社や駅で、ホテルや電車の予約をすることができる。

可以在旅行社或車站預約飯店或是預購車票。

□ 12. 準備をしていれば、自分の送別会などフォーマルな場で短いスピーチをすることができる。

如果經過準備，可以在自己的歡送會等正式場合做簡短的演說。

□ 13. よく知っている場所の道順や乗換えについて説明することができる。

可以向人說明熟悉的地點的路線或是轉乘方式。

□ 14. 友人や同僚と、旅行の計画やパーティーの準備などについて話し合うことができる。

可以和朋友或是同事就旅行計畫或是籌備宴會進行討論。

□ 15. 体験したこと（例：旅行、ホームステイ）とその感想について話すことができる。

可以陳述對於體驗過的事物（例如旅行、寄宿家庭）和其感想。

□ 16. 店で買いたいものについて質問したり、希望や条件を説明したりすることができる。

在商店可以對於想買的物品提出詢問，或是說明需求或條件。

□ 17. 電話で遅刻や欠席の連絡ができる。

遲到、缺席時，可以用電話聯繫。

□ 18. 相手の都合を聞いて、会う日時を決めることができる。

可以詢問對方的狀況，決定約會的日程。

□ 19. 身近で日常的な話題（例：趣味、週末の予定）について会話が

できる。

對於日常生活的話題（例如興趣、週末的預定事項），可以進行對談。

讀

目標：1.對於議題廣泛的報紙、雜誌報導、解說、或是簡單的評論等
　　　主旨清晰的文章，閱讀後理解其內容。

　　　2.閱讀與一般話題相關的讀物，理解文脈或意欲表現的意圖。

　　　3.與一般日常生活相關的文章，即便難度稍高，只要調整敘述

　　　方式，就能理解其概要。

□ 1.論説記事（例：新聞の社説など）を読んで、主張・意見や論理展開が
理解できる。

閱讀論述性的報導（例如報紙社論等），可以理解其主張、意見或是論
點。

□ 2.政治、経済などについての新聞や雑誌の記事を読んで、要点が理解で
きる。

閱讀政治、經濟等報章雜誌報導，可以理解其要點。

□ 3.仕事相手からの問い合わせや依頼の文書を読んで、理解できる。

可以閱讀並理解工作上接收到的詢問或請託文件。

□ 4.敬語が使われている正式な手紙やメールの内容が理解できる。

可以理解使用敬語的正式書信或電子郵件內容。

□ 5.人物の心理や話の展開を理解しながら、小説を読むことができる。

可以在理解書中角色的心理或是對話的脈絡中閱讀小說。

□ 6.自分の仕事や関心のある分野の報告書・レポートを読んで、だいたい
の内容が理解できる。

閱讀與自身工作相關或是感興趣領域的報告，可以大致理解其內容。

□ 7.一般日本人向けの国語辞典を使って、ことばの意味が調べられる。

能使用一般日本人用的「國語辭典」，查詢字詞的意思。

□ 8. 関心のある話題についての専門的な文章を読んで、だいたいの内容が
理解できる。

閱讀自己感興趣的專門領域的文章，可以大致理解其內容。

□ 9. エッセイを読んで、筆者の言いたいことがわかる。

閱讀散文，可以了解作者想表達的事物。

□ 10. 電子機器（例：携帯電話など）の新しい機能であっても、取扱説明
書を読んで、使い方がわかる。

電子用品（例如手機等）即使有新功能，只要閱讀說明書就會使用。

□ 11. 家庭用電化製品（例：洗濯機など）の取扱説明書を読んで、基本的
な使い方がわかる。

閱讀家電（例如洗衣機等）的使用說明書，可以知道基本的使用方式。

□ 12. 身近で日常的な話題についての新聞や雑誌の記事を読んで、内容が
理解できる。

閱讀報紙或雜誌中與日常生活相關的報導，可以理解其內容。

□ 13. 旅行のガイドブックや、進学・就職の情報誌を読んで、必要な情報
がとれる。

可以閱讀旅遊導覽書或升學、就業資訊雜誌，擷取需要的資訊。

□ 14. 生活や娯楽（例：ファッション、音楽、料理）についての情報誌を
読んで、必要な情報がとれる。

可以閱讀生活或娛樂（例如時尚、音樂、料理）的資訊雜誌，擷取需
要的資訊。

□ 15. 商品のパンフレットを見て、知りたいこと（例：商品の特徴など）
がわかる。

可以閱讀商品簡章，並了解想知道的內容（例如商品的特徵等）。

☐ 16. 図鑑などの絵や写真のついた短い説明を読んで、必要な情報がとれる。

可以從圖鑑等的圖片或照片的簡短說明，擷取需要的資訊。

☐ 17. 短い物語を読んで、だいたいのストーリーが理解できる。

閱讀簡短的故事，大致可以理解其內容。

☐ 18. 学校、職場などの掲示板を見て、必要な情報（例：講義や会議のス

ケジュールなど）がとれる。

可以從學校、職場的公佈欄上，擷取必要的資訊（例如授課或會議的
日程等）。

寫

目標：1. 能以論說文或說明文等文體撰寫文章、演講稿或是學術報告。

2. 能撰寫正式表格及信函。

□ 1. 論理的に意見を主張する文章を書くことができる。

可以書寫表達自我意見的論說文。

□ 2. 目上の知人（例：先生など）あてに、基本的な敬語を使って手紙やメールを書くことができる。

可以使用基本敬語，寫信或電子郵件給熟識的長輩（例如老師等）。

□ 3. 料理の作り方や機械の使い方などの方法を書いて伝えることができる。

可以寫下製作料理的步驟或是機器的使用方式並教導他人。

□ 4. 自分の仕事内容または専門的関心（例：研究テーマなど）について簡単に説明することができる。

可以簡單說明自己的工作內容或是專業上的興趣（例如研究主題等）。

□ 5. 自分の送別会などでの挨拶スピーチの原稿を書くことができる。

可以寫出在自己的歡送會上等發表謝辭的稿子。

□ 6. 自分の関心のある分野のレポートを書くことができる。

可以撰寫自己感興趣領域的報告。

□ 7. 思いがけない出来事（例：事故など）について説明する文章を書くことができる。

可以寫出說明出乎意料之外的事（例如意外等）的文章。

□ 8. 自国の文化や習慣（例：祭りなど）を紹介するスピーチの原稿を書くことができる。

可以寫出介紹自己國家文化或習慣（例如祭典等）的稿子。

☐ 9.複数の情報や意見を自分のことばでまとめて、文章を書くことができる。

可以用自己的語言統整各種資訊及意見，並書寫文章。

☐ 10.学校や会社への志望理由などを書くことができる。

可以撰寫升學或就業的意願及其理由。

☐ 11.理由を述べながら、自分の意見を書くことができる。

可以一邊闡述理由，一邊書寫自己的意見。

☐ 12.最近読んだ本や見た映画のだいたいのストーリーを書くことができる。

可以書寫最近閱讀的書或是看的電影的大致情節。

☐ 13.自分が見た場面や様子を説明する文を書くことができる。

可以將自己的見聞用說明文敘述。

☐ 14.学校、ホテル、店などに問い合わせの手紙やメールを書くことができる。

可以書寫對學校、飯店、商店等的詢問信函或電子郵件。

☐ 15.知人に、感謝や謝罪を伝えるメールや手紙を書くことができる。

可以對熟識的人，書寫表達感謝或致歉的電子郵件或信函。

☐ 16.自分の日常生活を説明する文章を書くことができる。

可以用說明文紀錄自己的日常生活。

☐ 17.体験したことや、その感想について、簡単に書くことができる。

可以簡單撰寫體驗過的事物或感想。

☐ 18.インターネット上で予約や注文をすることができる。

可以使用網路完成預約或訂購。

☐ 19.友人や同僚に日常の用件を伝える簡単なメモを書くことができる。

可以書寫簡單的便箋，將日常事項傳達給朋友或同事。

memo

國家圖書館出版品預行編目資料

一考就上！新日檢N3全科總整理　新版 / 林士鈞著
--修訂二版-- 臺北市：瑞蘭國際, 2024.01
240面；17 x 23公分 -- （檢定攻略系列；85）
ISBN：978-626-7274-85-9（平裝）
1. CST：日語　2. CST：讀本　3. CST：能力測驗

803.189　　　　　　　　　　　　　112022765

檢定攻略系列 85

一考就上！新日檢N3全科總整理 新版

作者｜林士鈞・責任編輯｜王愿琦、葉仲芸

校對｜林士鈞、王愿琦、葉仲芸

特約審訂｜こんどうともこ
日語錄音｜こんどうともこ、丸山雅士・錄音室｜純粹錄音後製有限公司
封面設計｜劉麗雪、陳如琪・版型設計、內文排版｜陳如琪

瑞蘭國際出版

董事長｜張暖彗・社長兼總編輯｜王愿琦
編輯部
副總編輯｜葉仲芸・主編｜潘治婷
設計部主任｜陳如琪
業務部
經理｜楊米琪・主任｜林湲洵・組長｜張毓庭

出版社｜瑞蘭國際有限公司・地址｜台北市大安區安和路一段104號7樓之1
電話｜(02)2700-4625・傳真｜(02)2700-4622・訂購專線｜(02)2700-4625
劃撥帳號｜19914152 瑞蘭國際有限公司・瑞蘭國際網路書城｜www.genki-japan.com.tw

法律顧問｜海灣國際法律事務所　呂錦峯律師

總經銷｜聯合發行股份有限公司・電話｜(02)2917-8022、2917-8042
傳真｜(02)2915-6275、2915-7212・印刷｜科億印刷股份有限公司
出版日期｜2024年01月初版1刷・定價｜450元・ISBN｜978-626-7274-85-9